狐仙さまにはお見通し

―かりそめ後宮異聞譚―

1

登場人物紹介
俊輝（しゅんき）
元は武官だったが、暗愚な先帝を討って皇帝の座に就いた。豪放磊落で細かいところは気にしない性格。
昂宇（こうう）
祭祀や儀礼を取り仕切る機関である太常寺で働いている方術士。女性が苦手だが、本質が狐仙である魅音とは普通に話すことができる。
魅音（みおん）
県令（県知事）の家の使用人だが、その正体はある事情から人間に生まれ変わり、神通力を完全には使えない狐仙。仕えている家の娘の代わりに皇帝の妃として後宮に入ることになった。

艶蓉（えんよう）
先帝に見初められた下級貴族の娘。先帝が討たれた際に自害した。鎮魂の儀式により方術を施された廟に封印された。
青霞（せいか）
方勝宮で暮らす皇帝の妃の一人。先帝時代は宮女として勤めていたため、後宮に詳しい。俊輝が皇帝になってから、家柄が良く能力もあるということで妃に取り立てられた。
美朱（びしゅ）
珊瑚宮で暮らす皇帝の妃の一人。戸部尚書（財務大臣）の娘。他の妃たちのことを見下しているような態度を取っているが……。
天雪（てんせつ）
角杯宮で暮らす皇帝の妃の一人。禁軍大将軍の兄の友人であった俊輝とは面識があり、もう一人の兄のように慕っている。ニコニコぽやぽやしている天然娘。

目次

狐仙さまにはお見通し
―かりそめ後宮異聞譚―
1

その一　狐仙妃、後宮の結界に囚われる

皇帝の妃《きさき》に選ばれ、入宮して、一ヶ月。

『陶翠蘭《とうすいらん》』は、後宮を出て行くことになった。

頭から被巾《ショール》を被《かぶ》った女は、うつむいたまま石畳《いしだたみ》の上を歩いていた。翡翠《ひすい》色の裙《スカート》の裾《すそ》が、寂しげに揺れる。

先導する宮女が、ちらりと振り返った。

「翠蘭様。アザ、痛みますか？」

「いいえ」

『翠蘭』と呼ばれた彼女は、返事をしながら少しだけ顔を上げた。被巾の隙間から、意志の強そうな吊り気味の目が覗《のぞ》く。その頬《ほお》には、うっすらと青緑色のアザができていた。

彼女はまた顔を伏せ、袖《そで》で口元も隠す。

「心配、ありがとう。こんな色なだけで、痛みはないの」

「そうですか。本当に、いったい何が原因なのかしら……医官も結局、治せないなんて」

「仕方ないわ。胸や背中にも出てしまったし。お見苦しい姿を、陛下にお目にかけるわけにはいかないもの」

「ええ……翠蘭様も見られたくないでしょうし……。にしても、一度も陛下にお目通りすらしないまま、後宮を出ることになるとは」

宮女は気遣《きづか》わしげだ。

石畳の先、外へと繋がる西門へ向かいながら、『翠蘭』は答える。

「こんな私に陛下はお見舞い金を下さって、心から感謝しております。せっかくなので、都の宿で故郷からの迎えを待つ間、他の医者にも診《み》てもらうことにするわ」

後宮を取り囲む、分厚い壁までたどり着いた。

春を迎えて、日射しは暖かい。うららかな風が彼女を送るように、どこかで咲いている桃の花びらをヒラヒラと運んできた。

彼女は門の前で振り向き、胸の前で両手を重ねると、一ヶ月を過ごした後宮に向かって丁寧《ていねい》な礼をした。

「お世話になりました。私はお役に立てませんでしたが、照《しょう》帝国の、そして皇帝家の繁栄を、心からお祈りしております。……あなたにも、世話になったわね」

「いいえ、私は何も。……故郷までの旅路、どうかご無事で。ご病気の速《すみ》やかな治癒を祈っております」

礼をする宮女に、彼女は寂しそうに微笑《ほほえ》んでうなずきかけた。

そして再び、くるりと門に向き直る。

誰も見ていない被巾の陰、口元を隠した袖の下で――

ニマッ！　と、ご機嫌な笑みが浮かんだ。

（さー終わった、帰ろ帰ろ！　やーっと以前の生活に戻れるわー）

豪華な丹塗《にぬ》りの門扉《もんぴ》は、彼女を牢獄から解き放つかのように、大きく外へと開いていた。

彼女が意気揚々と足を踏み出した。その瞬間。


バチイッ、と、空間に雷《かみなり》のようなものが走った。


「うあっ⁉」

いきなり何かに身体《からだ》を締め付けられ、彼女はギョッと目を見開いて胸元を見下ろした。

青白く光る紐《ひも》のようなものが、腕ごと胴体をとり巻いている。

「翠蘭様、どうかしましたか？　忘れ物でも？」

宮女の、戸惑った声。どうやら宮女には、この紐が見えていないようだ。

（何これ、方術《ほうじゅつ》⁉）

方術、というのは、神仙《しんせん》の力を借りてかける術のことである。

あわてて彼女が辺りを見回すと、パチッ、ビリビリッ、と後宮の壁の内側に沿って光が走っている。後宮をぐるりと取り巻いているのかもしれない。

（ひと月前、ここから後宮に入った時は何もなかったのに！　とにかく、このままじゃ脱出できなくなる。逃げなきゃ！）

彼女は無理矢理、足を踏み出した。門はすぐ目の前なのだ。

しかし、足を動かした瞬間、バチイッ！

青白い光がさらに空を走り、今度は足を束ねるように膝《ひざ》に巻きついた。

当然、彼女は前のめりにスッ転ぶ。

「きゃひんっ！」

被巾がふんわりと脇に落ち、顔が露《あら》わになった。

（くっ、動けない。身体が痺《しび》れてきた……！）

そこへ、駆け寄ってくる足音がした。つま先の四角い履《くつ》が視界の隅《すみ》に入り、男の得意げな声が降ってくる。

「かかったな、妖怪め！」

「なっ、何言ってるのよっ、私はただの人間っ……！」

かろうじて顔を捻《ひね》り、見上げた。

そこに立っていたのは二十代前半くらいの、ひょろりと背の高い男だった。長い黒髪を後ろで一つに束ね、手に何か薄っぺらいものを持っている。

霊符《れいふ》だ。人間一人一人が持つ霊力を使って術をかける際に使う、呪文《じゅもん》の書かれた紙札である。

（やばっ、術士！）

「この結界に引っかかるのは妖怪だけだ。尻尾《しっぽ》を出せ！　『顕《けん》』！」

術士の男が、シュッ、と霊符を振り下ろした瞬間――

――彼女が、自分で自分にかけていた術が、解けた。

「あっ、ちょ、やめ、うっそおおおん」

身体を取り巻いていた力が消える。

宮女が目を丸くして、つぶやいた。

「え、翠蘭様、顔のアザが消えて……あっ、耳と尻尾⁉」

「んぎゃっ」

『陶翠蘭』の頭にはとんがった大きな耳、軽くめくれた裙の裾からはフサフサの真っ白な尻尾が覗いていた。あわてて霊力を巡らせて引っ込めたが、もう遅い。

そして、さっきまで顔にあった青緑色のアザは、すっかり消えていた。

若い術士は冷ややかな、しかし勝ち誇った笑みを浮かべる。

「正体を現したな。化《ば》け狐《ぎつね》だったか」

衛士たちが集まってくる中、彼女はくっきりした吊り目で術士をにらみつけた。

（くっそぉ。もう少しで成功だったのに！）


陽がとっぷりと暮れた。

照帝国の都・天昌《てんしょう》は、二重の外壁に囲まれており、天昌城とも呼ばれる。その北の中央部に、皇帝が起居し執務する永安宮《えいあんきゅう》と呼ばれる建物群があった。あちらこちらで篝火《かがりび》が焚《た》かれ、夜空に火の粉が昇り、星屑《ほしくず》に紛《まぎ》れていく。

『陶翠蘭』は後宮ではなく、この永安宮の奥まった一室に連れてこられた。青白い紐はすでに消えていたけれど、物理的に麻縄で後ろ手に縛られている。罪状は、後宮を脱走しようとした罪、ということになっていた。

目の前には、三人の人間がいる。

まずは、さっきもいた宮女の雨桐《うとう》。『彼女』をチラチラ見て、温和な顔にひたすら困惑した表情を浮かべている。

次に、霊符を使って彼女を捕まえた術士、昂宇《こうう》。ギロリとした目つき、とんがった雰囲気の彼は、真面目《まじめ》そうだが根暗そうでもある。彼がこの部屋に方術をかけているため、彼以外の者は術を使えない。

最後に、真正面。美しい彩雲の描かれた壁絵を背にし、大きな椅子《いす》にゆったりと腰かけている、その人は。

彼女が会わずに終わるはずだった照帝国の新皇帝、王俊輝《おうしゅんき》その人だった。

「その娘が、『陶翠蘭』か?」

元々は将軍職に就いていた彼は、大柄な身体に似合わない身軽さで立ち上がると、彼女に近づいてきた。

彼は多くの味方の支持を受け、暗愚《あんぐ》を極めた先帝を討った。そしてそのまま皇帝に推され、帝位に就いたばかりだ。まだ二十代半ばの若さである。

今現在は、政務が滞《とどこお》っている間に異民族に奪われた土地を奪い返し、腐敗を招いた臣を粛清《しゅくせい》し、永安宮を追われた有能な人材を呼び戻して人事をやり直し……と多忙な日々を送っており、その姿には覇気《はき》が漲《みなぎ》っていた。

俊輝は、彼女の目の前に立った。高いところから鋭い視線で見下ろされると、ものすごい圧を感じる。

「報告では、陶翠蘭という県令の娘が後宮に入って間もなく病気になり、顔や身体にできた青緑色のアザが消えないと聞いていた。それで、故郷に帰ることを許したのだが……。しかし、この娘にはアザなどない上、耳と尻尾を見せただと? 化身《けしょう》の者だったとは。いったい、何のために後宮にいたのだ」

「それを、これから白状してもらいましょう」

昂宇が霊符を手に、一歩踏み出した。

彼女は二度、小さく舌打ちをしてから、鼻で笑ってみせる。

「あら、ずいぶんお若い方。あなたみたいなひよっこ方術師が術をかけたところで、私にしゃべらせることなんてできるのかしら」

淡々《たんたん》と昂宇は答えた。

「そうですか。では先に殺してから、魂を呼び出す術を使ってしゃべらせましょう。若いので気が短くてすみません」

「待て待てそうじゃないっ。普通にしゃべるって言ってるの！」

一瞬で彼女は降参する。

「あーもう。翠蘭様、さすがに死ぬわけにはいかないのでしゃべります、ごめんなさーい！」

「つまり、お前は『陶翠蘭』ではないのだな？」

腕組みをした俊輝に聞かれ、彼女はエへへと愛想笑いした。

「はい、陛下。翠蘭様のお世話をしていた、もうホントに取るに足らない、陶家の下女でございます。でも人間ですよ、っと」

ぱらり、と手首を縛っていた縄を下に落とし、ぷるぷると手首を振る。

「あぁ、痛かった」

「なっ、お前！」

気色《けしき》ばんだ昂宇が、反射的に彼女と俊輝の間に割って入った。彼女は両手のひらを見せながら、彼を見上げる。

「痛いから外しただけよ、皇帝陛下に逆らうようなことはしないわ。……ありがと、もう行っていいよ」

左の手のひらには、ネズミが一匹、載っている。白と黒のまだらという変わった模様だ。

彼女が軽く舌を鳴らすと、ネズミはチュッと応えるように鳴き、手から飛び降りて走り去っていった。

「ネズミに縄を噛《か》み切らせたのか」

俊輝は感心したように顎《あご》を撫《な》で、昂宇はますます目つきを鋭くする。

「眷属《けんぞく》として操れる、ということか？　やはり妖怪なのだな？」

彼女はムッと頬を膨《ふく》らませた。

「その辺の妖怪と一緒にしないで。狐仙《こせん》ですっ！」

狐の妖怪が修行を積み、神に近い存在になったのが、狐仙である。

「ほう。狐仙」

「い、今はまあ、一時的に生まれ変わって、ただの人間だけど……」

彼女はもごもごと口ごもってから、改めて顔を上げて皇帝を見据えた。

「名でお呼び下さい。私の名は、魅音《みおん》。胡魅音《こみおん》と申します」


話は二ヶ月ちょっと前、年明け早々にさかのぼる。

魅音は、とある県を治める県令・陶氏の家で、下女としての日々を送っていた。身よりのない彼女は孤児院にいたところを、運良くこの家に引き取られたのだ。

県令には、娘の翠蘭がいた。魅音は掃除や洗濯以外に、翠蘭と同じ十六歳ということで、彼女の話し相手や身の回りの世話もしている。

翠蘭は、少々わがままで甘えん坊。文句を言いながらも、裁縫やら踊りやら良家の娘としてのアレコレを学び、残りの時間はひたすら書に没頭している文学少女でもある。

彼女は卵が嫌いだが、魅音が卵好きなことを知っている。食事に卵料理が出ると、器をこっそりと「食べていいわよ」と魅音に渡してくるのが常だった。味のついたゆで卵とか、ふわふわ卵の湯《スープ》などもだ。

そんな翠蘭が、魅音は実は可愛《かわい》くて仕方がない。

(孫ってこんな感じかしらー!)

狐として生まれ、何度も生まれ変わって二百年の修行を積み、狐仙となった魅音にとって、人間の十六歳の娘など赤子に等しい。そんな翠蘭が、魅音の大好物である卵をくれるというのは、可愛い以外の何ものでもなかった。

(ちょっとくらい人間で過ごすのも、悪くないわね)

さて、翠蘭のところには週に二日、高名な老師《せんせい》が学問を教えにくる。

老師にお茶をお出しして下がった後、翠蘭が学んでいる間、魅音は休憩時間だ。

厨房《ちゅうぼう》からこっそりと、裏庭に出る。灰色の空の下、白い息を吐きながら庭石に腰かけると、魅音はチッチッと二回舌打ちをした。

すると間もなく、ちょろっ、と膝に灰色のネズミが上がってきた。

そのつぶらな瞳《ひとみ》をじっと見つめ、魅音は命じる。

「行っておいで」

ネズミはピクッと耳を動かしてから、魅音の膝を降り、翠蘭の部屋の方へと姿を消した。ネズミは狐の眷属で、言うことを聞かせられるのだ。

魅音は目を閉じ、ネズミの視界を共有する。

本性が狐仙でも、器が人間だと、使える力はかなりのポンコツだ。操れるのはネズミだけだし、あとはせいぜい簡単な変身ができるくらい。白狐にならいかにも普通の白狐の姿に変身できるけれど、他の生き物に化けようとした場合は身体の大きさを変えられない。見た目をちょっといじれる程度なので、人間が変装するのと大して変わらないのだ。

魅音の視界に、先ほどのネズミが見ている景色が映った。低い視点でちょろちょろと廊下を走り、壁の穴から入って柱を上る。そして屋根裏にやってきたネズミは、天井の穴から翠蘭の部屋を見下ろした。

老師の声が聞こえ、翠蘭が筆で紙に何か書きつけている。

下女にすぎない魅音は教育を受けることができないのだが、こうしてこっそり翠蘭の様子を覗いて学ぶのが楽しみだった。しかも翠蘭は興味の範囲が広く、老師に様々な質問をするので、老師もあれこれ教えたくなるらしい。詩歌ばかりでなく、兵法から薬学、果ては官吏試験に出るような内容まで織り交ぜてくれる。女である翠蘭は官吏にはなれないので、必要ないにもかかわらず、である。

魅音は夢中で講義に聴き入った。

そんなある日のことだった。

「イヤよイヤ、ぜったいに、イヤ！」

翠蘭の部屋から、叫び声が聞こえてきた。

驚いた魅音は、様子をうかがうためにネズミを呼ぼうとしたが、そうするまでもなくさらに声が聞こえてくる。

「後宮になんて行きたくない！」

（はぁ？）

魅音はギョッとした。

後宮――皇后や妃、そして宮女たちが暮らす場所。帝国全土から集められた女性たちは、たった一人の男性、皇帝のためだけに、そこで生きることになる。

どうやら翠蘭に、そんな後宮に入る話が持ち上がっているらしい。最近、新皇帝が即位したので、彼のためにそれなりの身分の若い女性が集められているのだろう。

けれど、翠蘭は本気で拒否している。

「私知ってるのよ！　あそこに行った女の人、何人も殺されてるって聞いたもの。ちょっとしたことで罰せられて毒を飲まされたり、戯《たわむ》れに首を絞められたり！」

翠蘭が言っているのは、本当のことだ。ただし、暗君《あんくん》だった先帝の後宮の話、つまり二ヶ月ほど前までの話である。

先帝は色に溺《おぼ》れ、様々な女性たちを集めたが、中でも珍貴妃《ちんきひ》と呼ばれる女性に夢中になった。貴妃、というのは、皇后を除けば後宮の女性で最も高い位の称号である。

この貴妃が残虐《ざんぎゃく》な嗜好《しこう》の持ち主で、先帝と二人、他の妃たちを痛めつけては楽しんでいたらしい。死んだり大けがをしたりした者もいれば、心を病んだ者もいるそうだ。

昨年末、とうとう先帝は討たれ、追いつめられた珍貴妃も後宮の自分の宮で自害した。

胸に短刀を突き立てた彼女は、

「呪《のろ》ってやる……呪ってやる……」

と繰り返しながらこと切れたという。

二人はそれぞれ、生まれながら持っている霊力——魂の力——がそれなりに高かったので、廟《びょう》に厳重に封じられた。先帝は、皇帝家から罪人が出た際に葬られる廟に。そして珍貴妃は後宮内の罪人が葬られる廟に、だ。

この政変は、関係者の逃亡を防ぐためにしばらく伏せられていたが、いよいよ県令などある程度の地位の人間には情報が伝わって来たところだった。

珍貴妃は孔雀《くじゃく》の意匠を好み、衣服や装身具に孔雀の羽の柄を多く取り入れたので、現在、その意匠を使うことは禁忌《タブー》となっている。

耳を澄ませると、翠蘭の父である県令の声が聞こえてくる。

「いや、後宮がひどい状態だったのは、先帝の時の話でだな。だからこそ討たれて、新たな陛下が即位なさったのだから、そんなことは」

「後宮には、いびり殺された女たちの幽鬼《ゆうき》が出るって聞いたわ。それに、珍貴妃が新しい陛下を呪ってるって。呪われてる人の後宮に入ったら私も呪われる！」

幽鬼とは、要するに死者の霊のことである。

「これ、声が大きい！」

たしなめる県令の声に続いて、その妻の声が続く。

「でもあなた、翠蘭が恐ろしく思うのも無理はありませんわ。それに、ただでさえ後宮は、陛下の寵愛《ちょうあい》を巡って争いの起こりやすい場所です。そんなところに、一人娘の翠蘭を行かせるなんて……婿《むこ》をとるつもりでしたのに」

「それはまあ……しかし、新皇帝の後宮に、この郡から誰かしら差し出さないことには」

郡、というのは、いくつかの県のまとまりの名前だ。県令はおそらく、郡からの命令に従わなくてはならないのだろう。

「嫌ですってばぁ！　どうして私なの⁉　みんな行きたくないはずよ。県令の娘だから、お手本として行かなくちゃいけないの？　だったら私、こんな家に生まれなければよかった！　うわぁぁあん！」

翠蘭の号泣が聞こえ、今度は県令の妻が娘をたしなめていたが、もはや県令はうろたえるばかりのようだ。

（そんなぁ、困った）

魅音は思う。

（お嬢さんが後宮に行ってしまったら、もう老師は来てくださらない。私、勉強できなくなってしまうではないの！）

もっともっと勉強し修行すれば、狐仙からさらに神仙という高みに昇れる。そのために、翠蘭に行かれてしまっては困るのだ。

（それに、何年もお世話しているからわかる。お嬢さんは本当に怖がりで、怪談系の話も一切受けつけない人だから、恐ろしい噂《うわさ》のある後宮で暮らしたりしたら病気になっちゃうわ。行かせるのは可哀想《かわいそう》）

そこで魅音は、ある決心をした。

翌日、魅音は願い出て、県令夫妻と翠蘭に話を聞いてもらった。

「申し訳ありません、昨日のお話が、耳に入ってしまいました」

「ああ……いや、あれだけ大きな声で話していたのだから仕方ない」

県令は鷹揚《おうよう》に許したが、魅音はさらに言う。

「それで、あの……誰かが行かなくてはならないのであれば、私が、お嬢さんの身代わりになるのは、どうかと思うのですが」

「魅音が？　身代わりに？」

県令の妻は、戸惑っているようだ。

「何を言ってるの、聞いていたのでしょう？　後宮に行ったら恐ろしい目に遭《あ》うかもしれないと、そういう話をしていたのですよ。あなたはそれでも行きたいと？」

「まさか、魅音」

翠蘭は眉《まゆ》を顰《ひそ》める。

「そんなに、うちでの暮らしが不満なの？　後宮で一発逆転、陛下の目に止まるかも……って夢みるくらいに？」

「ち、違います、逆です！」

魅音は急いで言う。

「身よりのない私を引き取っていただき、お嬢さんにも優しくしていただき、心から感謝しておりました。いつか恩返しをしたいと思っていたので、身代わりになりたいのです。もちろん、救っていただいた命を粗末にするつもりはございません。仮病《けびょう》を、使ったらどうかと」

「仮病？」

「はい。私がお嬢さんのフリをして後宮に入り、そして時期を見計らって、もうとにかくすっごく体調が悪いフリをするんです。そうしたら、郷《さと》に帰されるでしょう？　私、ここに戻って来れます。それまでの間くらいなら、何か恐ろしいことがあっても我慢します。私、お嬢さんほど賢くないですけど、すぐに体調を崩せばごまかせると思いますし」

県令は眉を顰める。

「しかし仮病などと、後宮の医官に見抜かれるのでは」

「何でもしますっ。寝ないとか、食べないとかしていれば本当に体調は崩れるでしょうし、わざと吐くらいできますし」

熱意を込めて、魅音は続けた。

「いったん郷に帰されれば、もう呼ばれることはないと思うのです。そして、病気が治ったことにすれば、本物のお嬢さんはお婿様を迎えることができます」

そして引き続き、翠蘭も、翠蘭の子も老師から学ぶだろうから、魅音も学び続けられる、という寸法である。

魅音は上目遣いで聞いた。

「いかがでしょうか？」

県令夫妻は顔を見合わせ、そして話し合いを始めた。

その間に、翠蘭が魅音に近寄ってきた。ぼそっ、とささやく。

「……悪かったわ。ホントに、私のために申し出てくれたのね。私は魅音とずっと一緒のつもりだったから、行っちゃうって思ったら何だか……寂しくて」

「ちょっとの間だけです、ちゃんとお嬢さんのところに帰ってきます！　だいたい、私が陛下の目に留まるなんてあり得ませんから」

魅音は笑い交じりに言い切ったけれど、翠蘭はツンとそっぽを向きながらつぶやく。

「バカね、自分じゃわからないのかしら。魅音って結構……可愛いのに」

（あら、私のこと、そんなふうに）

翠蘭のこういうところが、魅音はますます可愛いと思うのだ。

そしてついに、県令夫妻は魅音を、翠蘭の身代わりとして後宮に送ることに決めたのだった。

出発の日。

魅音は翠蘭の襦裙《じゅくん》（上下）を身にまとい、良家の娘っぽく化粧をする。元々、翠蘭はタレ目、魅音は吊り目というところ以外、二人は背格好が似ているのだ。しかも、後宮に翠蘭の顔を知っている人物などいないので、狐仙の力で翠蘭に化けるまでもない。

「なんか、化粧、うまいのね」

翠蘭に感心されて、魅音はちょっと焦《あせ》りつつ「み、見よう見まねです」とごまかした。

（二百年の年の功ってやつよ！　人間の観察だってしてたもの！）

翠蘭は心配そうに言った。

「魅音、本当にまずそうだったら、時期を見計らって……なんて悠長《ゆうちょう》なことしてないで、すぐに病気のフリをして帰ってくるのよ。絶対よ」

「お嬢さん……そんなに心配して下さるなんて」

ちょっと感動して魅音が両手を合わせると、翠蘭はぷいっとそっぽを向く。

「べ、別にあなただけのことじゃなくてっ、『陶翠蘭』が呪い殺されたら本物の私が困るでしょ！　いいから気をつけなさい！」

しかし、魅音には絶対にうまく行くという自信があった。

にっこりと、笑ってみせる。

「はい。とにかく、私もここに絶対に戻ってきたいので、頑張りますね。行って参ります！」

魅音の暮らしていた県は、照帝国の都・天昌から馬車で数日の距離だ。後宮入りは公《おおやけ》の職務なので、旅には街道沿いの駅を利用できる。無料で宿泊したり、食事をしたりできるのだ。

その途中、後宮にまつわる噂を聞いた。

「後宮は、死んだ妃たちの幽鬼や鬼火がちょいちょい現れるんだってな」

「いや、陛下が大々的な鎮魂の儀式を行ってからは、落ち着いたらしい」

「我が国の方術士たちは、死者にはとりわけ手厚いからな」

魅音は聞くともなしに聞きながら、思う。

（ふーん、鎮魂の儀式をやったのか。対症療法で終わっていなければいいけどね。ま、行ってみればわかるか）


駅を辿《たど》って旅をし、明日は天昌に到着するという日の夜。

魅音は一人、宿の裏庭に出た。

早春の冷たい空気の中、ほんのりと梅の香が漂う。見上げれば、夜空は星屑の海だ。北斗七星がくっきりと、空に描かれている。

魅音は胸の前で、握った拳《こぶし》を交差させると、両手の人差し指と中指を揃《そろ》えて伸ばした。

「北斗星君《ほくとせいくん》の名の下に。我が身よ、偽《いつわ》りの姿を宿せ！」

ふわっ、と、風が身体を取り巻いて、すぐに消えた。

魅音は手を開くと、そっと胸元を開いてみる。

左の胸に、青緑色のアザができていた。これは今、彼女が望んで現れるようにしたものだ。このくらいの変身なら簡単である。

（仮病がばれるんじゃないかって県令夫妻は心配していたけど、こうやって病人に変身すればいいんだから、簡単、簡単、簡単。わざわざ具合が悪そうなフリをしなくても、これで十分でしょ。だって、こんな肌をした妃なんて、皇帝陛下は手をつけないでしょうし）

翠蘭に「陛下の目に留まることなどない」と言い切ることができたのも、この術を使うつもりだったからだ。

胸元を直しながら、魅音はほくそ笑む。

（妃の一人として行くんだから、きっと宮女が私の世話をしてくれるはず。うまく機会を作って、宮女にこのアザを目撃させよう。医官を呼んで調べさせても、原因はわかりっこない。アザは、日を追うごとにじわじわと増やしていこう！）


ところが。

後宮は、魅音の予想とは少々違う様子だったのだ。

まずは、天昌城に到着する。二重の外壁に開いた門を通り抜けると、一気に明るくなって視界が開けた。

そこは、帝国中の人々だけでなく、東方や西方から様々な人種の人々が集まる巨大な都市だ。賑《にぎ》やかな大通りには店がずらりと並び、市場に行けば揃わないものはない。

何台もの馬車が行きかう大通りは、皇城の門へと繋がっている。政務機関が集中する区域の入口だ。その門も巨大で、まだまだ距離があるはずなのに、まるですぐ近くにあるかのように錯覚するほどだった。

皇城の奥が、皇帝のおわす永安宮。その西側が、後宮である。

魅音は、手配された輿《こし》に乗って運ばれながら、御簾《みす》の外を眺めていた。

(前世ぶりに都にやってきたけれど、ずいぶん賑やかになったものね！　後宮の中はどうかな。ちょっと楽しみ)

どうせすぐに抜けるのだからと、魅音は呑気《のんき》に構えている。

(私、というか翠蘭お嬢さんは県令の娘なんだもの、きっとそれなりの品階《ほんかい》になれるわよね。しばらく働かずにのんびりできそう！)

皇城の西側にぐるりと回れば、後宮の入口にあたる門があった。魅音は馬車から降りる。陶家の使用人たちとは、ここでお別れだ。

「頑張れよ」

「気をつけて」

事情を知っている使用人たちは、ひそひそと魅音を励まし、去っていった。

後宮は、正式名称を掖庭宮《えきていきゅう》と言う。永安宮の掖《わき》にあるからだろう。高い塀と水濠《みずぼり》に囲まれた広大な一角で、いくつもの宮や庭園、祠《ほこら》や廟などがあり、小さな都のようになっている。ないのは店くらいのものだ。

門卒《もんばん》に案内されて水濠の橋を渡り、西門からいよいよ後宮に入る。

するとすぐそこが、内侍省《ないじ》の建物だった。内侍省とは、宦官《かんがん》——男性機能を切除した官吏——が所属する機関で、皇帝の私生活を管理する。

先に知らせを出してあったので、内侍省の一室で宦官と宮女が一人ずつ待っていた。この二人が、魅音の世話を担当するようだ。

宦官とはすぐに別れ、魅音は宮女に案内されて、渡り廊下を進んだ。

「陶翠蘭様のお世話をさせていただきます、雨桐と申します。このたびは、入宮おめでとうございます」

三十歳ほどだろうか、しっとりしたたたずまいの雨桐だが、どこか申し訳なさそうにしている。

「ご存じの通り、王将軍……陛下が帝位にお就きになって、まだそれほど経《た》っておりません。後宮も調っておらず、宮女の数も最小限でございまして、翠蘭様にも個別の宮を用意することができず……」

「他の妃たちと一緒に暮らす、ということ？　別に構わないわ、気の合う人がいれば楽しいでしょうし」

「恐れ入ります。いずれ、細かいことも決まってくると思いますので」

ひたすら恐縮する雨桐だったけれど、魅音にはしめたものである。

（そんなにバタバタしてるなら、陛下も当分、後宮にはいらっしゃらないでしょうね。よしよし）

歩きながら、雨桐はすらすらと後宮での生活を説明してくれた。魅音は感心する。

「とてもわかりやすいわ。雨桐も、宮女になったばかりでしょうに」

「あ、いえ……私は、先帝の代から宮女をしております」

「えっ、そうなの？　みんな、怖がって逃げてしまったかと思った。噂を聞いたわよ」

「そういう者も多かったのですが、帰る場所のない者もおりますし、他にも色々……」

詳《くわ》しくは語らなかったものの、雨桐は微笑む。

「陛下が儀式を執り行って下さいましたので、きっと大丈夫です」

話をしながら到着したのは、内院《なかにわ》を中心に四方が建物になっている宮だった。

「花籃宮《からんきゅう》でございます」

名前の通り、淡い紅色の花を咲かせる杏《あんず》の木や、小さな黄色い花をたくさんつけた山茱萸《さんしゅゆ》などで、内院は華やかだ。雨桐は奥へと進む。

「お妃様方にはひとまず、こちらにお部屋をご用意してございます」

（そうか、私も『妃』って呼ばれるんだった）

そのつもりなどないわ、似合わないわで、魅音は何だか背中がもぞもぞした。

内院を挟《はさ》んで左右の建物に、戸が四つずつ並んでいる。

「東側の手前、お二つが、翠蘭様のお部屋です。お荷物は運び込んでおきます」

教えてくれた雨桐は、さらに正面の正房《おもや》に魅音を案内した。

「ひとまずこちらで、部屋のお支度が済むまでお待ち下さい。居間になっておりまして、皆様、こちらでおくつろぎです」

「ありがとう」

「後ほど、お茶をお持ちします」

雨桐は礼をして、立ち去っていく。

（さあ、いよいよだわ）

魅音は一呼吸置いてから、居間の両開きの戸を開いた。


居間には、若い娘が三人、いた。

奥の丸窓のそばには卓子《つくえ》と椅子があり、薄紅色の襦裙をまとった美女が一人、茶を飲んでいた。ちらりと魅音に流した視線、スッと伸びた背筋、まとう澄んだ空気……おそらく高貴な出自の女性だろう。魅音と同じくらいの年頃に見える。

そして、後の二人は手前の長椅子に並んで座っていた。こちらも良家の女性という感じでありながら、ぐっと砕《くだ》けた雰囲気。何か話をしていたようだけれど、魅音に気づいて振り向く。

濃い青の襦裙の方は、翠蘭より少し上の年頃で、愛想のいい笑顔を見せた。淡い水色の襦裙の方はやや幼く、もしかしたら十三、四くらいの年齢かもしれない。ふっくらした頬にえくぼを浮かべてはにかむ。

（どなたがどこのお嬢さんなのかしら。家格がわからん……）

とにかく、両手の平を身体の前で重ね、頭を下げて無難に挨拶《あいさつ》する。

「初めまして。陶翠蘭と申します」

すると、手前の二人はそわそわしつつも何も言わず、奥の女性だけが口を開いた。

「私が、李美朱《りびしゅ》よ」

（私『が』？）

それは明らかに、「当然私を知っているわよね」というニュアンスだ。

（いや知らんがな）

仕方がないので、ひとまずもう一度礼をすると、美朱はスッと立ち上がった。そして、するすると滑るように魅音の方に歩いてくる。

「あなたが来て、やっと揃ったというわけね」

ため息混じりにそんなことを言いながら、美朱という彼女はそのまま外に出て行ってしまった。

戸が閉まる。

（『揃った』？）

首を傾《かし》げていると、待ちかねたように長椅子の二人が声をかけてきた。

「翠蘭さん、座って座って！」

「お疲れ様です」

「あ、ありがとう」

長椅子の端に腰かけさせてもらうと、二人は代わる代わる名乗った。

「私、江青霞《こうせいか》よ」

「私は、白天雪《はくてんせつ》。よろしくお願いしまぁす」

しっかりした年上らしい方が青霞《せいか》、おとなしげな年下らしい方が天雪《てんせつ》だ。

「私も、十日ほど前に来たばかりなんです」

ふわりと天雪が笑えば、青霞が軽く身を乗り出す。

「私は先帝の頃から宮女やってたんだけど、ここに残ることにしたらあれよあれよという間に昇格してしまったわ。ね、それより知ってました？　妃、私たち四人だけなんですって」

「へ？」

思わず変な声を上げた魅音は、目をぱちくりさせてしまった。

帝国の後宮で一番位が高いのは、もちろん皇帝の正妻である『皇后』である。しかし、新皇帝の俊輝にはまだ皇后がいない。

皇后とははっきりと区別された、ありていにいえば妾《めかけ》たちは、『妃』と呼ばれる。しかし、その妃が美朱・青霞・天雪、そして翠蘭（魅音）の四人しかいないと言うのだ。

（先帝には百人以上いたと聞いてるけど、新皇帝には四人ぽっち？）

「えっと、あの、まだ到着していないだけではなく？」

聞いてみると、二人は同時にうなずく。

「四人しか決まってないみたい。この後は今のところ、誰か来る予定はないそうよ」

「陛下も、まだ一度も後宮にお見えにならないんです」

「先帝時代からの宮女も少ない上に、新しい子も少ないの」

「その宮女たちも、美朱様のお世話に忙しいんですよ」

「そう、あの美朱様は強引に、空いている珊瑚宮《さんごきゅう》を自分の宮って決めちゃって。ちょっとどうかと思うわ」

「宮女たちは、珊瑚宮を調えるのに、精一杯。私たちのことなんて、ほったらかしなんですー」

『宮女』というのはつまり、後宮で働く女たちのことである。

（この二人、ずいぶん意気投合してるなー。まあ、さっきの……美朱様だっけ？　彼女があんなふうにツンツンしてるんじゃ、他に仲良くできる人もいなかったでしょうしね）

魅音はニコッと笑ってみせる。

「へぇ、そうなんだ。新しい陛下が即位なさって、まだずいぶんゴタついているとは聞いていたけど」

「そういうこと。まあ、先帝の頃みたいに命の危険がないぶん、気楽ね」

「これからも、何も起こりませんように」

二人は揃って、祈るように両手を合わせた。

色々話してみたところによると、李美朱は戸部尚書（財務大臣）の娘だそうで、矜持《プライド》の塊《かたまり》のような人柄らしい。

照帝国の妃には三段階の位があり、上位が『夫人』、中位が『嬪《ひん》』、下位が『婦』と呼ばれる。

本来なら『夫人』が暮らす豪奢《ごうしゃ》な四つの宮殿があるのだが、美朱はそのうちの一つである珊瑚宮を自分の宮と決めてしまったらしい。四つの中では一番小さいそこを選んだあたりは、一応遠慮なのか何なのか。さすがに、魅音が来た日は顔合わせのために、本来暮らすはずだった花籃宮にいたようだ。

困ったことに青霞や天雪の言うとおり、宮女たちの多くは珊瑚宮にばかり出入りしていた。まあ、身分の高い妃に仕えて美味《おい》しい思いをしたいというのは、魅音も理解できる。

もちろん、魅音たちもこの花籃宮に個室があり、食事の上げ下げや洗濯はしてもらえるのだが、主に雨桐が必死で駆け回っており、手の空いた宮女がちらほら助けに来る。着替えや行水はご自分で……という感じだった。

(うーん、目論見《もくろみ》がはずれてしまった。宮女にアザを目撃してもらおうと思ってたのに、その機会がないじゃないの)

魅音は少々、軌道修正を図る。

(自己申告するしかないな)

後宮に来てすぐ、というのもわざとらしいので、少しでも日にちを置いてから、胸のアザが現れたと訴えよう。そして、しばらくしたらアザを一つ増やし、さらに数日したらまた増やして、何ならアザを大きくして……と「化け直し」ていけばいい。

そう考えた魅音は、ひとまず翠蘭のつもりで、後宮生活を送ることにした。

正直、皇帝の俊輝が来ないのであれば、ここでの生活はとても楽しいものだった。

四人で学ぶ『妃としての教養』は、魅音にとってはだいぶ生ぬるかったけれど、青霞や天雪とは葉子牌《カードゲーム》で遊んだり散歩したりすることもできたし、食事はとにかく豊富で味も絶品である。

（でも、皇帝とは関わらずに一生を送りたいし、やっぱり老師のもっと難しいお話が聞きたい。お嬢さんも待ってるしね！）

早く帰りたい、と思いながら散歩していると、一緒に歩いていた青霞が前方を指さした。

「あそこに、ちらっと森が見えているでしょ」

殿舎の屋根、瑠璃瓦《るりがわら》の上に、こんもりとした緑が見えている。

「あの奥に、罪人が葬られる廟があるの。珍貴妃……あ、本当はもう貴妃って呼んではいけないのだけど、あそこに埋葬というか封印されたのよ。身の回りの品も含めて全部入れられて、方術士が厳重にね」

天雪が続ける。

「森の中だし、恐ろしいので、誰も近づかないみたいです」

「なるほど。呪われたら嫌だものね」

（先帝と一緒になって妃たちを苛《さいな》んでた、か。貴妃が入宮する前から先帝は暴力的だったと聞くけど、貴妃はどうして他の妃たちと同じ運命を辿らなかったんだろう。先帝よりも暴れたのかしら。

怖っ）

そうして日々を過ごすうち、魅音は不穏《ふおん》な噂を耳にした。

後宮内の池をのぞきこむと溺死《できし》した妃の姿が見える、とか、珍貴妃の暮らしていた珍珠宮《ちんじゅきゅう》の跡地に青白い鬼火が飛んでいるのを見た、とか、そういった噂である。

（鎮魂の儀式をしてから、もうそういう怪異はなくなった、って話だったけど……結局、出るわけね。ま、本当なのか宮女たちの気のせいなのかはわからないけど）

霊感がポンコツになっているため、幽鬼がよほど強力だったり、手が届くくらい近くにいたりしない限り、感じ取れないのである。

ただし、魅音にとっては本人が狐仙なだけに、人ならざる存在は身近だ。幽鬼も、珍しいものではないという認識だった。

（元は人間だったんだから、恨《うら》みだの未練だの持つくらい当たり前よね。悪ささえしなければ別にいいじゃない、存在くらい許してあげれば。……ま、私には関係ないことだけど。もうちょっとしたらここから出るんだから）


ある日、魅音はとうとうアザに気づいたふりをして、雨桐に訴えた。

「変なアザができてしまって……医官を呼んでくれる？」

後宮の医官は宦官だけれど、助手の宮女が一緒に来てくれたので、肌を見せるのにも抵抗はない。

医官を居間で待たせ、助手を寝室に入れて、アザを診てもらう。そして助手が医官に説明する、という形をとった。

医官はどうにも事なかれ主義のようで、しっかり診てもらえているという感じはしなかったけれど、とりあえず塗り薬を出してくれた。

（まあ、薬では治らないけどね。私が変身を解かない限り）

思いつつも、魅音は礼を言って受け取る。

助手が、心配そうに声をかけてくれた。

「いつでも診に参りますので、何かあったら医局にお知らせ下さい。私は周笙鈴《しゅうしょうりん》と申します」

二十代の後半ほどに見える笙鈴は、自分こそ療養が必要なのではと思うほどの細身に似合わず、てきぱきと医官を助けていて頼りがいがありそうだ。

「怖いわ、もしかしたら珍貴妃の呪いかも」

魅音が怖がってみせると、笙鈴は静かに魅音を見つめてから、優しく微笑んだ。

「悪い思念や霊力は感じません。大丈夫ですよ」

「わかるの？」

「ええ、昔から私、そういうのに敏感で」

どうやら、笙鈴は高い霊感があるらしい。

「翠蘭様からは、とても明るい思念しか感じません」

「ほんと？　よかった」

（なかなか見所《みどころ》のある人間ね。……よし。アザを大きくしたら、笙鈴に知らせよう）

魅音は思いながら、仲良くなっておこうと色々と話しかける。

「医官と、助手のあなたの二人だけで、後宮中の人を診るの？　やっぱり女性だから、あなたの役割が大きそう。大変ね」

「そうですね……診察以外にも、医局の掃除から医官の洗濯物まで私がやっているので、さすがに忙しいです。でも、いずれは人を増やしていただけるはずなので」

「そうね。頑張って」

応援しつつも、今後も仮病で迷惑をかけることがちょっと後ろめたい魅音である。


そして一ヶ月で、魅音は顔にまでアザが出てしまう展開まで持っていった。

その間、笙鈴は誠心誠意手を尽くしてくれた。書物を読み込み、効きそうな薬種《やくしゅ》があるとわかれば医官にかけあって後宮の外まで買いに行き、薬の調合も配合を変えてあれこれ試してくれたのだ。

さすがの魅音も、心が痛んだ。

そこで、郷に帰ることが決まった日、魅音は彼女に心からのお礼を言ったものだ。

「あなたには本当にお世話になったわ、ありがとう」

「いいえ、お力になれず申し訳ありません……。でも、こんなところにいるよりも故郷で、馴染《なじ》んだ水や食べ物を口にすれば、きっとよくなりますから！」

笙鈴は涙ぐんでいた。

（『こんなところ』……そうよね、人間で霊感があると、こんな場所は色々と見えちゃって、めちゃ

くちゃ嫌でしょうね）

そう思った魅音は、聞いてみた。

「あなたは、先帝の死を機に後宮を出ようとは思わなかったの？」

笙鈴は少しキョトンとした顔をしてから、あっ、と声を上げた。

「違うんです、私、今の陛下の御代になってから来たんです。本当に、つい最近のことで」

「あっ、そうだったの。とても仕事がてきぱきしているから、もう長いんだと思っていたわ」

「お、恐れ入ります！」

恐縮する笙鈴を見て、魅音はそれ以上は聞かないことにした。

（わざわざ『こんなところ』にいるからには、理由があるんでしょうね。雨桐も言葉を濁《にご》していたし）

口減らしのために家を出された者、身内が何らかの罪を犯して連座して働かされている者――宮女になる理由は様々だ。今、後宮に残っている宮女の中には、辞めたくても辞められない者がそれなりにいるのかもしれない。

とにかく、魅音は諸々《もろもろ》の手続きを済ませ、荷物をまとめ、やがて春たけなわの季節に後宮を出る日を迎え――

――話は冒頭に戻るわけである。

椅子に戻り、俊輝はうなった。

「なるほどな。奉公先の娘の身代わりとして後宮にやってきて、『病気の娘』に変身することで病気のフリをし、また帰るつもりだった、と」

「そうなんですよっ。ですから、後宮で悪さをするつもりなんてありませんでしたし、もちろん陛下に仇《あだ》なすつもりも、毛頭《もうとう》ございませんでした。ちょっとした方便《ほうべん》で仙術を使っただけです」

魅音はここぞとばかりに説明し、横目で昂宇をチラリと見た。

「そこの方術士が、なぜか後宮に結界を張ってたみたいですけど、私の事情とは全然、これっぽっちも、関係ないと思います。ですから陛下、このまま陶家に帰していただければ」

「まあ、待て」

俊輝はなぜか、魅音から視線を外さない。

「なぜ結界を張っていたのか知りたいだろうから、教えてやろう」

「結構です」

魅音は即座に断った。

(関係ないって言ってるでしょ！　聞いたら絶対、ロクなことにならない！)

しかし、俊輝はさらりと話を昂宇に振った。

「昂宇、説明しろ」

方術士は、鋭い視線で皇帝に向き直る。

「しかし陛下」

「説明しろ。こいつならわかるかもしれん」

（ほら何か言ってる！　嫌な予感！）

半ばあきらめた魅音は、自分から口火を切った。

「さては、珍貴妃の怨霊《おんりょう》が出るんでしょ」

「えっ」

「そいつを外に出さないために結界を張ってる。違う？」

魅音はベラベラと続ける。

「先帝と一緒に他の妃たちをさんざんいたぶった挙句《あげく》、追い詰められたらキレて自害した妃でしょ？　そんな強烈な奴なんか化けて出るに決まってるのに、どうしてちゃんと対処しないかなぁ。ちょろっと祓《はら》い清めたくらいでどうにかなると思っているなら――」

「待て待て」

思わずと言った様子で、俊輝が片手を上げる。

「当然、こちらも念入りに対処した。まず、先帝と珍艶蓉《ちんえんよう》は火葬にした。そして身の回りの品とともに廟に封じた」

艶蓉というのが、珍貴妃の名である。

普通なら土葬にするところを火葬にしたのは、万が一、魄《はく》——身体を動かす力——が残っていて蘇《よみがえ》ってしまうのを避けるためである。照帝国では、罪人は火葬にする決まりになっていた。

それでも、特に強い恨みを残した怨霊は鎮《しず》めきれないことがあるので、遺骨は方術を施した廟に封印したわけだ。

「さらに、珍艶蓉が暮らしていた珍珠宮は祓い清めて取り壊し、跡地に鎮魂碑を建てた。しかも、この際だからと後宮の建物は全て祓い清めたのだ。珍艶蓉の怨霊が暴れ回っている様子はない」

「違うんですか」

魅音がきょとんとしていると、昴宇がしぶしぶ口を開いた。

「違います。供養した、その後の話です」

「その後？　ていうか、あなたはどういう関係の人？」

「僕は、太常寺《たいじょうじ》に所属する方術士です。後宮の妃や宮女が亡《な》くなった時などに葬儀を行うのも仕事です。……が、手が足りないからといって他にも色々手伝えととっつかまっ……こ、光栄にもお声かけいただき、陛下のお側《そば》で手足となって動いております」

太常寺は役所の一つで、祭祀《さいし》や儀礼を取り仕切っており、それに伴う音楽や卜占《ぼくせん》なども担当している。照国の方術士は、ここの下位機関に所属している者が多い。

「昴宇が全て取り仕切ってくれた方が、俺《おれ》は助かるんだがな。戦っている方が楽だ」

何やら言っている俊輝を見ないようにして、昴宇は続けた。

「まず、今の後宮について説明します。俊輝様によって先帝が討たれ、当時の後宮は解散となりました。生き残っていた妃たちは、功労者に下げ渡されたり、出家して尼になったりしました」

（別に、そんなの普通だわ。皇帝が代替わりするときって、たいていそうでしょ）

魅音は心の中でつぶやきながら、仕方なく続きを聞く。

「宮女たちは、もう後宮はこりごりだと。先帝時代は外出許可すら出ず、幽鬼や鬼火の出る後宮に閉じ込められていたので、早く逃げたいという者が多かったんです」

「まあ、わかる気はする」

「そのため、彼女らが後宮を離れるのを陛下はお止めにならなかったので、ほんの一部の宮女しか残りませんでした」

その、残った宮女の中に、雨桐や青霞がいたわけだ。宦官は他に行き場がないのか、減らなかったようだが。

「陛下は『後宮のことは後回しでいい』とおっしゃいましたが、残ってくれた宮女だけでは仕事が回らないので、天昌で声をかけて何とか少し増やしました。次は、妃ですが」

ため息混じりの昂宇を、俊輝はじろりと見る。

「国の建て直しが急務なのに妃にかまっている暇などないし、妃が大勢いたら宮女も大勢必要になってしまう。少なくとも今はどうでもいい」

「と、こんな調子でいらっしゃるので、とにかく建前だけでもと、四人の女性を妃として迎えることにしました。こう、四夫人っぽく……？」

昂宇の言葉に、魅音は（疑問形かい）と思いながら突っ込む。

「翠蘭お嬢さんは間に合わせだった、と」

「平たく言えばそうです」

（平たく言わなくてもそうですが？）

ムスッとしていると、俊輝もやはりムスッとした様子で言う。

「別に、お前たちをないがしろにしようとしたわけではない。四人の妃が何不自由なく暮らせるようには手配した。宮女の人数も、四人の世話をするくらいなら十分足りているはずだ。こうして後宮は再編成の上、稼働したわけだが」

「軍ですか」

小声で突っ込んでいると、俊輝はため息をついた。

「そこへまた、怪異が起こり始めたのだ」

「へ？　しっかり祓ったのに？」

「そうだ。もうこれは珍艶蓉とは無関係なのかもしれない、とも考えてみたが、他の原因が見つからなくてな」

昂宇が口を開いた。

「そこで、僕に新たな命が下ったのです。宦官のふりをして後宮に入り、怪異の原因を突き止めよ、と。しかし、僕にもすぐにはわからず……とにかくおかしなものを逃がさないようにと、つい先日になって、後宮のぐるりに結界を張り巡らせたんです」

「私が引っかかったのはその結界かぁぁぁ」

思わず、魅音はがっくりと床に手を突く。

つい最近、彼女がここに来て以降に張られた結界だった、というわけだ。

（あぁもう、やっぱり人間の身体って不便！　前世だったら、結界くらい絶対に気づいたのに！）

現在の彼女は、そういった霊力を自分が発することはできても、受けることはほとんどできない。

「というわけで、だ」

俊輝が軽く身を乗り出す。

「魅音、だったな。お前、怪異の原因を探《さぐ》れ。見つけることができたら、俺をたばかった件は不問にして故郷に帰してやる」

「はああ⁉　嫌です！」

魅音は噛みついた。

「どのくらい時間がかかるかわからないじゃないですか！　もうここの後宮は寺院にでもして、新しい土地に新しく後宮を作ったらいかがですか？　皇帝陛下ってお金持ちなんでしょ⁉」

「国庫の建て直し中に何を言うか。今度はもったいない妖怪が出るわ」

俊輝はバッサリと言った。

「無駄遣いは敵だ。掃除でも何でもして使えるなら、そのまま使う」

「えええーケチー」

思わず魅音は非難した。

（ケチといえば、即位式も略式でやったとか聞いた気がする！）

俊輝は怒るでもなく答える。

「ケチで結構。別にお前一人でやれとは言わない、昂宇をお前付きにしてやる。引き続き宦官の振りでな」

「えっ⁉」

ギョッと目を見開いた昂宇が、勢いよく振り向いた。

「俊……陛下、僕はもう後宮なんか、行かなくていいのでは……？」

思わず魅音が「『後宮なんか』？」と突っ込んでいると、俊輝が魅音を軽く顎で示した。

「さすがにこいつを自由にさせる訳にはいかんだろう。見張りが必要だ」

「あ、あの……申し上げます」

雨桐が遠慮がちに、魅音と昂宇を見比べる。

「お妃様方が揃った今、陛下以外の男性と何か間違いでもあったら……いえ、昂宇殿を信用しないわけではありませんが、その、お妃様方や宮女たちの方から何かする、ということも」

「それについては心配ない。出入りするのは俺と昂宇だけ、そして俺が女たちに手をつけなければいい」

俊輝の答えは明快だ。

「もし誰かが身ごもりでもしたら、その女と昂宇を処罰して解決だ。というわけで昂宇、行け」

「そんな……」

昂宇は何やらガックリきているようだが、魅音はとっくにガックリしている。

（完璧《かんぺき》に脱出に成功したと思ったのに、最後の最後で……！　くっそぉ、やるしかないか！）

仕方がないので、覚悟を決める。

（ちゃちゃっと解決して、お嬢さんのところに帰るんだから！）

その二　狐仙妃、後宮の人間関係に悩まされる

というような成り行きがあって。

魅音には元々、担当の老宦官がいたけれど、俊輝の一声で『新人』の昂宇に交代になった。

そして今日、昂宇が花籃宮に挨拶にきたという建前《たてまえ》で、二人して魅音の部屋で睨《にら》み合い……もとい、打ち合わせをしている。


「怪異ねー。原因がわからない、って言ってたけど、今までどんな調査したの？」

魅音は仕方なく聞いてみる。成果が得られていないのだから、他の手を考えなくてはならない。

長い髪を黒の帽子の中に押し込め、灰色の地味な宦官服姿の昂宇は、むっつりと答えた。

「どんな、と言っても。後宮のあちらこちらを歩き回って、何か感じ取れないかと」

「実際に怪異に遭った宮女から、詳しい話は聞いたんでしょ？」

「雨桐さんから聞いたので十分です」

魅音は眉をしかめた。

「又聞きじゃなくて、目撃した本人に聞きなさいよ。何で聞かないのよ」

すると、昂宇は目を逸《そ》らす。

「し、新入りの宦官のフリをしてるんですから、あれこれ聞いたら怪しまれるじゃないですか……」

「女の人だぁいすき！　っていうふうにヘラヘラ声をかけまくる宦官、っていう設定で行動すればいいじゃないの。そのくらいは演じられるでしょ？」

そこへ、雨桐が茶を持って入ってきた。まず魅音の前に茶杯を置き、次に昂宇の前に置く。

「どうぞ」

昂宇はビクッと雨桐から身を引いた。

「ひっ！　あっ、ど、どうも」

雨桐はちょっと不思議そうにしつつも、茶卓子《トレイ》を持って出て行く。

魅音はジトッと、昂宇を睨んだ。

「…………もしかして。女が苦手なの？」

するといきなり、昂宇は背筋を伸ばしてツーンと顎を上げた。

「わ、悪いですか⁉」

「開き直るんじゃないわよ、思春期か！　女の何がそんなに苦手なの⁉」

「何……な、何でもいいでしょう、ほっといて下さいっ」

「私相手には平気で色々話してるくせに！」

「魅音は女性ではないですから。結界に引っかかった間抜けな妖怪ですから」

「妖怪じゃなくて狐仙ですし⁉　今はフツーの人間の女ですし⁉」

「仙術で仮病を使ったくせにフツーとか、聞いて呆《あき》れますね⁉」

言い合いになってしまったけれど、要するに昂宇は、魅音を女と見なしていないのだ。だから平気らしい。

（腹立つぅー！　まあいいわ。よくないけど。とにかく、後宮で調査をするのに女が苦手なんて、困ったな）

これではとても、女好きを装うことなんてできそうにない。魅音が彼を引っ張りながら動かなくてはならないだろう。

俊輝が魅音をこの件に引っ張り込んだ理由の一端《いったん》が、わかったような気がした。

「……結界は、そのままにしといて。確かに、後宮に何か悪いモノが巣くっている場合は逃げられずに済むものね」

魅音は茶を飲み干すと、立ち上がる。

「じゃあその、昂宇が話を聞いてない人に、まずは話を聞かないとね。私が、怪奇現象に興味津々《しんしん》の妃を演じればいいんでしょ」

「はあ、まあ、そうですね。何かあったら呼んで下さい」

「あなたも！　一緒に！　来るの！」

「えっ」

「えっ、じゃない。いくら女が苦手でも、黙って私に付き従うくらいできるでしょ⁉」

その時、ちゅっ、という可愛らしい鳴き声がした。

見ると、魅音の椅子のすぐ足下に、白黒まだらのネズミがちょこんと座ってこちらを見上げている。前足を身体の前にそろえたその様子は、何かを待っているようだ。

「あら、お前、外廷で縄を噛み切ってくれた……いつの間についてきてたの？　そうか、報酬を渡していなかったね。タダ働きは嫌よね」

ひょい、と屈《かが》み込んで両手ですくい上げ、卓の上に載せる。

「雨桐さーん、すみません！　何かネズミが食べられるものはありますか？」

戻って来た雨桐が、近くの棚にあった小さな壺《つぼ》を手に取って差し出す。

「私のことは、侍女として接して下されば。私もお妃様と思ってお世話させていただきますので。ここに、いつでもつまめるように木の実や干した果物が入っていますので、翠蘭様のご自由に」

「ありがとう」

壺の蓋《ふた》を外し、中から松の実を取り出すと、魅音はネズミに渡した。

「はい。さっきは助かったわ」

ネズミは小さな両手でしっかりと実を持ち、さっそくかじり始める。ちょっと目を細めるなどして、何だか嬉しそうだ。

「お前、ここで暮らす？　昂宇だけじゃ心許《こころもと》ないから、私の助手をしてほしいな」

勧誘している魅音を、昂宇は苦い表情で睨むのだった。

そんなわけで、後宮を出るためにやる気マンマンの魅音に、昂宇がビクビクしながら付き添う、という調査開始となった。二百年を生きる狐仙の生まれ変わりと方術士の組み合わせだが、見た目は若い妃と新入りの宦官である。

「雨桐、怪異を目撃したっていう宮女から、話を聞きたいの。どういうふうにしたらいい？」

「かしこまりました、探してここに呼びましょう。この話はだいぶ噂になって広まっておりまして、私も人づてに聞いたのですが、辿ってみます」

そして、雨桐はすぐに二人の宮女を連れてきたのだが。

「わ、私が聞いた話では、牡丹宮《ぼたんきゅう》です」

一人の宮女は、牡丹宮――本来は皇后が住まう宮で、現在は誰も住んでいない――の、掃除を担当していた。

「時々、風を入れて掃除をするんです。それで、他の子が掃除に行ってみたら、閉め切った部屋からすすり泣きが聞こえるって……開けても誰もいなかったらしくって。私も当番が回ってきたら行かなくちゃいけないのに、どうしよう」

「私が聞いたのは、象牙宮《ぞうげきゅう》の話でした」

もう一人も怯《おび》えた様子で訴える。象牙宮は『夫人』が暮らす四つの宮の一つだが、やはり今は誰も住んでいない。

「宮女たちの暮らす寮から、美朱様の珊瑚宮に行く途中で、象牙宮の前を通るんです。その格子窓を透かして、中に人影が見えるんだとか。誰かいるのかな、と思って近づいてみると、格子の隙間からぎょろりと血走った目が覗くって……！　私は無理、怖くて見られない！」

魅音は軽く額《ひたい》を押さえてから、聞く。

「ええっと、待って。あなたたちが見たり聞いたりしたのではなく……？」

「あの、翠蘭様」

雨桐が困り顔で口を開く。

「実は、話の出所までたどり着けなかったんです。遡《さかのぼ》ってみても、途中で別の宮の話になったり、最近の話なのか昔話なのか曖昧《あいまい》だったりで。でも唯一《ゆいいつ》、鬼火だけは、最近見たという者が何人もおります」

「珍珠宮《ちんしゅきゅう》の跡地に現れる、っていう？」

「以前はそうだったんですが、最近は他の宮付近の方が多いようです。実はその……私も見ました。林の中、青白い炎が、すーっと宙を移動するのを」

「ふーん……。ねぇ昂宇。……あれ？　昂宇？」

魅音が振り向くと、昂宇は部屋の戸口の外から顔だけ覗かせる。

「な、なんでしょうか」

(女だらけのこの部屋には入れないわけか)

魅音は呆れながらも聞く。

「あちこち歩き回ったと言ってたけど、牡丹宮や象牙宮には行ったの？」

「もちろんです。中を確認しましたが、特に何の異常もありませんでした」

「なるほど」

魅音は宮女たちに向き直ると、一応それっぽい体裁で言った。

「えーと、そう、宮女たちが気持ちよく働けるようにするのも妃のつとめですからね。詳しく調べてみるわ」

「ありがとうございます！」

二人は少しホッとした様子で、仕事に戻っていった。

「まったくもう。ほとんどは噂話じゃないの」

「それにしては数が多いですし、鬼火が見えるのは本当なので、皆、怯えてしまって。私も正直、少し恐ろしいです」

雨桐は愁眉《しゅうび》を開かない。さらに昂宇が付け加える。

「そこへ結界にあなたが引っかかったものだから、本物がかかった！　と思いましたよね」

「本物といえば本物ですけどぉ」

本性が人外《じんがい》の魅音は、しぶしぶ認める。

「鬼火が多い、っていうのは、まあ気にならないこともないけど。でも、弱いし何もしないし群れないし、怖がることないのに」

「そ、そうなんですか」

「幽鬼《ゆうき》としては低級で、自分の意志をはっきり持てないのよ。クラゲ、ってわかる？　海の中をただ漂ってる生き物。あいつみたいな感じ」

まるで知り合いのように、魅音は説明する。

「とにかく、今の後宮でそういう噂話が広まりやすいのは仕方ないよね。珍貴妃の件があった後だし、建物が多いわりに人が少なくてガランとしてて、不気味だし。やっぱり、人が住んでいない建物をそのままにしておくのは防犯上よくないな」

「空き家問題みたいに言ってますが、不審者ではなくて怪異の話ですからね？」

昂宇の突っ込みに、怪異がちっとも恐ろしくない魅音は「あ、そうだった。へへ」と笑ったのだった。


その後、魅音は花籃宮の居間で、青霞、天雪と再会した。

悲しみに打ちひしがれた演技で出て行った割に、ほんの数日で「ただいまっ！」と元気に戻ってきた魅音だけれど、恥じもせずに堂々と挨拶する。

「二人とも、またよろしくね！」

「魅音！　まさかまた会えるなんて！」

「アザ、治ってよかったですね！」

二人は驚いてはいたものの、呆れることなく喜んで迎えてくれた。

「私もびっくりよー、天昌を出て温泉に寄ってみたら、治っちゃって！　あそこのお湯は霊験《れいげん》あらたかに違いないわ」

魅音はシレッと嘘を言う。

美朱は彼女たちとつるむのが嫌なようで、珊瑚宮に移った後は、用がない限り花籃宮に来ない。しかし、授業の時にでも顔を合わせられるだろう。

「温泉で治ったからいいようなものの、医官は本当に無能ね。専門家なのに」

青霞が憤慨《ふんがい》しているので、魅音はあわてて答えた。

「医官はよくしてくれたのよ、色々な治療法を試してくれたし。何かあったら是非《ぜひ》、相談するといいわ。医官に言いにくければ、助手は宮女だし。鍼《はり》治療とかもしてくれるよ」

「ふぅん。まぁ、私は健康が取《と》り柄《え》だから、しばらくお世話になることはないと思うけど」

青霞は肩をすくめる。

青霞、天雪についても、魅音は昂宇から詳しい話を聞いていた。

江青霞は、元・宮女だ。先帝の代には、『嬪』の妃の侍女としてしばらく働き、その妃が心の病で後宮を出された後、尚寝局《しょうしんきょく》という部署に移った。妃たちが日常的に使う備品を管理する部署である。その後、出世して尚寝（尚寝局の長のことをそう呼ぶ）になった。

先帝が討たれた後も後宮に残っていたところ、長になれるほどの賢さがあり家柄もよく、顔立ちもいいという条件を満たしたため、妃に昇格。現在、二十三歳だそうだ。

（この年齢で後宮にわざわざ残った、ってことは、実家に戻って結婚するつもりはサラサラなさそう。なのに妃になっちゃったのか。わからないものね）

魅音は思いながら、天雪に視線を移す。

ぽやぽやニコニコしている天雪は、十四歳。俊輝が皇帝になったのと同時に、天雪の兄が、禁軍

（皇帝直属軍）の大将軍に就任した。彼は三十歳だが、俊輝の親友なのだ。天雪はその末の妹である。

昂宇曰《いわ》く、

「その白将軍が、陛下の体裁を整えるために妹君を送り込んだらしいですよ。必要ないなら一、二年で返品してくれればいいから、などと言って」

だそうだ。

（い、いいご友人をお持ちね、と言えばいいのかどうなのか。十四歳での後宮入りは普通だけど、そんな経緯なら陛下は天雪には手をお付けにならないかも？　後で後宮を出されても、いいところにお嫁に行けるようにするのでしょうね）

俊輝は本当に、後宮に関しては全く気合いを入れていないのだな、と魅音は心の中で再確認したのだった。

再会の翌日、三人は連れだって花籃宮を出た。妃向けの授業の行われる、内文学館という場所に向かうのだ。宮女が一人、付き添っている。

青霞が、前方を指さした。

「ほら、あそこが、珍珠宮のあった場所よ。珍貴妃が暮らしていた宮」

四夫人で最も位の高い『貴妃』の宮なのだが、美しい建物の立ち並ぶ後宮にあって、今そこは異様な雰囲気だった。俊輝の言っていた通り更地《さらち》になり、鎮魂碑が建立されている。

「あの場所で珍貴妃は、先帝と一緒に妃たちをいじめていたわけよね……」

青霞が声を低めて言い、天雪もささやき声で答えた。

「自害なさったのも、ここなんですよね」

「そう。あまりに縁起が悪いので、ここだけはお祓いして取り壊したんですって」

「へぇ。何だか怖いわー」

魅音は適当な返事をしながら、あたりをぐるりと見回す。

（鬼火は……っと）

今は特に何も見当たらないし、魅音には何も感じられない。

「宮といえば、そろそろ私たち、暮らす宮が決まるかしら」

青霞の話に、魅音はさりげなく乗っかった。

「そうね。何だか怖い噂も聞くから、平穏に過ごせる宮がいいわ」

「怖い噂って、出るっていうアレですか？」

天雪も、小耳に挟んでいたらしい。魅音は深刻な顔でうなずいてみせる。

「ちらっとそんな話を聞いて、やだなー怖いなーって。何か詳しい話、知ってる？」

「牡丹宮で、宮女が何か見たと聞いたけど。本当かしら」

青霞が答える。噂は宮女の間だけでなく、妃にも届いているらしい。

やがて、内文学館にたどりついた。ここは、教養のある宮女たちが所属している部署で、女たちの教育を担《にな》っている。妃たちもここで、あれこれ学ぶのだ。

教室として使われている部屋に入り、座って待っていると、美朱が入ってきた。珊瑚宮から来たのだろう。

魅音は立ち上がり、挨拶する。

「おかげさまで、戻って参りました。またよろしくお願いいたします」

美朱は軽く小馬鹿にした笑みを浮かべたものの、さらりと言った。

「ああ、聞いているわ、アザがすっかり治ったとか。良かったわね」

「はい、ありがたいことでございます。今、これから暮らす宮の話をしておりました。怖い噂も聞くので、平穏に暮らせたらと……。珊瑚宮は、何事もございませんか?」

すると、美朱はじろりと魅音たちを見回し、淡々と言った。

「何事も何も、別に普通よ。あなた方、低俗な噂話に踊らされないことね。見苦しいわ」

そして、魅音たちに背を向け、教壇の方を向いて座る。

(うへー、完全に上から目線)

青霞・天雪と目が合い、魅音は苦笑いした。そこへ、教育担当の宮女が入ってきたので、話はいったん終わりになった。

宮女が詩を読み上げるのを聞きながら、魅音は考える。

(美朱にしてみれば、私たちに同等みたいに見られるのはイヤなんでしょうね。でも、珊瑚宮の様子は知りたい。彼女からも話が聞けないと困るな)

どうしたら、美朱とじっくり話ができるだろうか。

（いっそ、ちゃんと品階や称号が決まってくれたら……）

皇帝に仕える文官や武官たちは、一から九までの品階に分類される。その中でさらに細かく分かれるのだが、各品階の一番上は『正一品《しょういっぽん》』『正二品』という感じで『正』がつく。

同様に、後宮の妾や宮女たちも皇帝に仕える立場なので、『夫人』は正一品、『嬪』は正二品というふうに品階があり、それぞれに称号があった。

（私たちより美朱の方が、位が上に決まってるし。自分の立場が安定すれば、上の立場として下位の妃の相談を聞いてやるという形で、私とも話してくれるかもしれない。……よし）


授業が終わり、花籃宮の自室に戻った魅音は、さっそく昂宇に言った。

「陛下にお願いしたいことができた。今夜にでも、お会いしたいんだけど」

昂宇は呆れる。

「軽く言いますね。こちらから行くなら後宮を出る許可をとらないといけないし、陛下のご都合を伺《うかが》って日取りを――」

「そんな正式なアレじゃなくて」

魅音はスッと屈み込むと、ころん、と前転した。たちまち彼女の姿は一匹の白い狐になる。狐への変身なら、造作《ぞうさ》もないのだ。

着ていた襦裙の代わりのように、首に淡い緑の布が巻きついている様子は、まるで狐がおしゃれをしているようだ。

狐は、ふっさりした尻尾を揺らめかせた。

『闇に紛れてこの姿で行ってくる。昂宇、ちょっと結界を緩《ゆる》めて、外に出してよ』

昂宇は目と口をぱかっと開いて固まっていたけれど、やがて気を取り直し、じろりと魅音を見た。

「逃げないでしょうね」

『逃げないわよ、故郷がバレてるんだから』

魅音にしてみたら、翠蘭のところに戻った後も平穏に暮らせなくては意味がないのだ。

「まあ、相談ならいつでも、と陛下に伺っているし……わかりました。書くものを貸していただけますか」

昂宇は墨を磨《す》ると、懐《ふところ》から木の札を取り出し、筆で何やら複雑な文字を書いた。

「これは、霊牌《れいはい》といいます」

『霊牌？　令牌《れいはい》じゃなくて？』

令牌とは、それを持っている者が上官の命令を遂行できるように、法的な効力を持った札のことを言う。

「少し違います。今回の場合は、僕がかけた術に命令を加えて変化させるというか……まあとにかく、結界に細工をして通り抜ける術が、この霊牌にこもっていると思って下さい。紐でも通して、首にかけておいたらどうですか」

昂宇は、書き上がった札を魅音に見せ、語尾を強める。

「いいですか、外では絶対に、見つからないようにして下さいよ。狐が捕まったって聞いても言い訳のしようがないし、僕は助けませんからね！」

「はいはい。毛皮にされないように気をつけるわ」

人間に戻った魅音は、肩をすくめつつ札を受け取った。


夜が更《ふ》けた。しんと静まった空気の中に、亥の初刻（午後九時）の太鼓が低く響き渡っていく。

魅音は白狐の姿で、外廊下に出た。すでに廊下の吊《つ》り灯籠《どうろう》の火は消えている。

暗闇の中、手すりを飛び越えた彼女は、内院に降り立った。身体を低くして外廊下の下を走り、広い場所に出れば脇を大回りして、木から木へと飛び移る。

やがて、後宮の外壁にたどり着いた。角楼《すみやぐら》の見張りの目は届かない場所だが、普通の人間では足がかりもなく、とても登れない。

集中すると、昂宇の張った結界を感じる。

（よし）

魅音の首には、昂宇にもらった『霊牌』が下がっていた。これがあれば、結界を抜けられるはずだ。

松の枝の上で体勢を整えた魅音は、パッ、と踏み切った。大きく跳んで塀の上に降り立ち、さらに大きく跳び、水濠の外へと降り立つ。一瞬、髭《ひげ》がピリピリッとなったけれど、無事に結界を通り抜けることができた。

(よーし！)

さらにまた木に登り、今度は別の建物の屋根に跳び上がる。

(……おぉ……)

視界が大きく開けた。

夜空の下、永安宮の殿舎の瑠璃瓦が、はるか遠くまで続いている。それは山脈が波打つかのようで、月光に照らされて艶《つや》やかに光っていた。下からの篝火がところどころをぼんやりと照らし、色鮮やかな装飾を幻想的に浮かび上がらせている。

(見事ね。人間の営みって素晴らしいと思うわ。か弱い存在で、よくこんな壮大な都を生み出したこと。……さて、行きますか)

目指すは、皇帝・俊輝の寝所《しんじょ》だ。

永安宮は広く、殿舎は何十もあり、部屋数はそれこそ数えきれない。しかし、魅音は特に迷うことなく、皇帝の私室や寝室があるあたりまでやってきた。

建物の外には見張りの衛士《えじ》がいたけれど、屋根を越えて内院に入れば俊輝の私的な空間のため、誰もいない。格子窓から灯《あか》りが漏れていたので、背伸びをして前足をかけ、のぞき込む。

俊輝はくつろいだ服装で、書き物机で書物を読んでいた。

魅音が『キューン』と軽く鼻を鳴らすと、彼はすぐに気づいて顔を上げる。

「……魅音か」

格子窓が内側から開けられ、魅音は中にぴょんと飛び込んだ。窓を閉めた俊輝は向き直り、立ったまま腕を組む。

「皇帝の寝所に忍び込むとは、大した度胸だな」

魅音は行儀良く座って、陛下を見上げた。

『例の件で、お話があって参りました。後宮においでいただいたりしたら大ごとになるので』

後宮内に皇后でもいて、事情をわかってくれていれば相談できたのだろうけれど、いないので仕方ない。

ちなみに、先帝の皇后は愛寧《あいねい》皇后という。皇族の血を引いているという立場に守られたか、先帝に痛めつけられることはなかった。しかし、子を産めないまま数年を過ごした後、病《やまい》を得て表に出なくなったようだ。

先帝が討たれた後は、皇太后になることはもちろんなく格下げされ、離宮で隠居生活を送っている。

「そうか。しかし、狐相手に話をするのも変な感じだな」

再び椅子に座った俊輝が、もう一つの椅子を示す。

「人間に戻って、そこに座ったらどうだ」

『陛下の寝所に女がいるなんて、もし誰かに見られたら大変です。狐のままの方がまだマシかと。

……お願いがあって参りました』

「例の件がらみなら、何でも聞こう」

『では、申し上げます』

魅音は狐姿のまま、願い出る。

『そろそろ、妃の品階と称号をお決め下さい』

「称号を？」

『後宮内での上下関係がはっきりしないと、女同士で腹を割って話すことができないんです。情報収集に支障をきたします』

まあ、具体的には美朱だけに支障をきたしているのだが。

「なるほど。では、お前を新たな貴妃にするか」

俊輝はあっけらかんと言った。

「後宮を掌握《しょうあく》する立場にいれば、調査に色々と便利だろう」

『ばっ……』

うっかり『バカ』と言いそうになって、魅音はとっさにごまかす。

『ば、ばっさり決めすぎです！　いくら人がいないからって、私程度の者が貴妃になったりしたら、逆に反感をかってしまいます！』

四夫人の中でも貴妃といえば、皇后がいない時に代理を務めるほどの立場なのだ。

（男性官吏だとどうなのか知らないけど、後宮で、皇帝の寵愛も受けていない、県令の娘程度がそんな高い称号、もらっていいわけないのよっ。って言うと何だか翠蘭お嬢さんをバカにしてるみたいで申し訳ない！　ごめんなさい！）

心の中で謝っていると、俊輝は「そうか」とすぐに納得する。

「調査の間くらい、と思ったが、逆に調査が滞るなら意味がないな」

『そうです。だから逆に、他の妃よりも、私の位は低いくらいがいいんじゃないかと。新人宦官の昂宇をつけているのも自然になるし。……そういえば』

魅音は美朱の、矜持《プライド》の高そうな態度を思い出した。

『美朱様って、どういった方なんですか？』

「ああ……中級貴族の娘だ」

思い出したかのように、俊輝は顎を撫でた。

「先帝におもねっていた貴族連中を俺が一掃した後に、棚ぼたで戸部尚書という重職に就いたのが美朱の父親、という流れだな。まあ、先帝時代に堕落《だらく》しなかった気骨は評価できる。その父親が、美朱を送り込んできた」

（なるほど。数少ない貴重な人材の、その娘なのね）

魅音が思っていると、俊輝はさらに少し考えてから、言った。

「では、美朱には『賢妃《けんぴ》』の位を与えよう」

四夫人の中では一番下だが、今の時点では最も高い位になる。とっくに賢妃の宮に住んでいるのだから、美朱も納得するだろう。

「魅音はそこから下で好きに選べ」

『はい⁉　好きに、と言われましても、他にも二人いるんですが！』

「じゃあ、その二人の分も決めろ」

(陛下って、後宮のことは本っ当にどうでもいいんだな……！　お嬢さん、こんなとこ来なくて正解！)

心の中で翠蘭に報告しつつも、魅音は考えを巡らせた。妃が少ないといっても、そこそこ格好がつくように決めなければならない。

『それなら、江青霞と白天雪は『嬪《ひん》』に、私……というか陶翠蘭様は、その下の『婦《ふ》』にして下さい』

上から美朱、青霞、天雪、そして魅音だ。誰が何位だろうが、序列さえ決まれば魅音には十分である。

「わかった。では、江青霞は嬪一位、白天雪は嬪二位。胡《こ》魅音は婦一位、だな」

『私は陶翠蘭ですってば！』

念を押すと、陛下はフーンとうなる。

「別人の名前で呼ぶのは抵抗があるな。まあ、そのあたりは何とかしよう」

(何をどう何とかするって？)

不思議には思ったけれど、魅音の用はこれで済んだ。

『では、それぞれに正式に下知《げち》をお願いします』

「わかったわかった。ああ、それなら」

俊輝はふと、宙に視線を遊ばせる。

「そろそろ俺もいい加減に、後宮に行くか」

『あら、ついにその気になられましたか』

茶化《ちゃか》すように尻尾を揺らしてみせると、陛下は腕を組んだ。

「昂宇がいる間はコトには及ばんと言っただろう。称号の授与と顔合わせを、まとめて済ませようと思ったまでだ」

『ああ、なるほど……私は今聞いたので、省略しちゃって下さい』

「いや、一人一人の宮を回るのは面倒だし、今はそんな時間もない。全員で授与式をし、全員で宴を催して飯でも食おう」

（飲み会かっ！）

魅音は呆れたけれど、さすがにこれ以上は口出しする気にならなかった。俊輝の好きにしてもらおう。

『では、私はこれで』

話を切り上げようとすると、「魅音」と呼び止められた。

俊輝は面白そうに、彼女を見つめる。

「初めて会った時も思ったが、お前は本当に動じないな。……皇帝の前では誰もが緊張し、声を強《こわ》ばらせる。視線すら合わせない。お前みたいに真っ直ぐな態度の者は、久しぶりに見た」

『ご気分を害されたなら、申し訳ありません。普通の人間ではないからかもしれません』

「不思議なだけだ。永安宮の俺の部屋まで迷わずに来たようだしな。皇城のだいたいの様子を知っているのか……」

　じっ、と黒い瞳が、魅音の瞳を探っている。

「狐仙、だったんだよな。それがなぜ、皇城に詳しい？　なぜ、今は人間でいる？　狐仙であることを誇りにしているお前にとっては、人間でいるなど、降格処分ではないのか？」

（……鋭いところをお突きになる）

　魅音は思いながら、ツンと鼻面《はなづら》を上げてそっぽを向いた。

『前世で、皇城に来たことがあるんですよ。その時に歩き回って、色々と覚えました。今が人間なのは、まあ、前世でちょっとしたしくじりをした罰ってところです。まったくもう、言わせないで下さいよっ』

　俊輝は笑う。

「何をやらかしたのやら」

『陛下も、大きなことを成したばかりですよね。恐ろしくありませんでしたか？　皇帝を討つ、なんて』

　仕返しとばかりに魅音が聞いてみると、俊輝は少し考えてから、答える。

「陰界《あのよ》も陽界《このよ》と同じように、玉皇大帝《ぎょくこう》を頂点とする神仙が官僚のような機構を作って治めていると聞く。もし、その玉皇大帝が、陰界を治める理由に『正義』を掲げたら、お前は納得できるか？　自分が正しく、それ以外は間違っているから、自分は全てを支配するに相応《ふさわ》しいのだと。そんな理由で支配されたら？」

『絶対嫌ですね。何が正しいかなんて、立場によって違うじゃないですか』

「つまり、そういうことだ。俺は死ぬほど嫌だったんだよ、先帝の、神の代理人としての『正義』がな」

神を汚《けが》さんとする者は滅《めっ》し、神が求めるものは必ず手に入れる。先帝の言葉は神の言葉であるとされ、そこに民の意志を差し挟む余地は与えられなかったのだ。

「先帝にたてつく者は神を冒涜《ぼうとく》しているとして追放、あるいは処刑された。……自らが正義だと思いこんでしまうと、追従《ついじゅう》しない者は全員『悪』だからな。『悪』は叩《たた》き潰《つぶ》せ、どんな罰を与えてもそれは『悪』の自業自得《じごうじとく》だから構わない、というわけだ。官吏も民も罰を恐れ、自分の意志を口にできなくなった。それは今も続いている」

『今も？　皇帝が代わったのに？』

「恐怖が、人々の心に染みついているんだよ。本心は押し殺し、何か失敗をしても申告せずにひた隠し、相手が信頼できるかどうか疑うのが普通になってしまっている。先帝の、負の遺産だ。治療に時間のかかる病だ」

悔しそうに俊輝は言い、そして魅音と目が合うと表情を緩める。

「そんな人々だらけの皇城にいるから、余計に、お前みたいなのがいるとホッとする。……さあ、見つからないように帰れよ」

俊輝は窓に近づき、カタン、と開けた。

『……失礼します』

魅音は白狐の姿のまま、両前足を重ねて礼をすると、ひとっ跳びで窓から出た。
そして、そのまま走って俊輝の寝所を離れた。

（そっか。陛下は、支配したいから先帝を討ったんじゃなくて、支配されたくないから先帝を討ったのか）

狐の姿で闇を駆けながら、魅音は考える。

（死ぬほど嫌なら、そりゃ、決起するよね。私だってそうするかも。自分の尊厳を守るためだもん。……あー、それにしても、昔のことを思い出させるのは勘弁《かんべん》してほしいなぁ！　恥ずかしい）

魅音は口元をもにゅもにゅさせた。

（狐仙になったばかりの頃は、得意絶頂でイキってたからなー。私も若かった）

狐仙が妖怪と決定的に違うのは、神の恩恵を受けられる、つまり神の世界と通じてそこから受け取った力を使えることだ。いわゆる、神通力《じんつうりき》である。

その力を世のため人のために使うことこそ、神の望みであり、そしてさらに神の世界に近づく手段でもあった。

もちろん、神の世界の住人になりたいかどうかは自由である。しかし、神の存在を感じられるようになってくると、その存在の大きさに惹《ひ》かれてしまう。抗《あらが》えないほどの強さで。

また、帝国の各地には狐仙堂と呼ばれる祠があって、人間たちが拝んでくれる。天昌にもある。狐仙堂を通じて願いを感じ取れば、魅音のようなタイプは人間の願いに応《こた》えたくなるのだ。

それで、魅音も狐仙になってからは何人かの人間の願いを叶《かな》えてきたのだけれど、めでたしめでたしで終わったものもあれば、大失敗に終わったものもあったわけで。

(もう、失敗はしたくない。人間としての天寿《てんじゅ》を全《まっと》うするまでに、もう少しちゃんと知ろう。人間のこと)

魅音はそう、心に誓っていた。

その三　狐仙妃と、蝶の耳飾りに宿るもの

その翌日、四人の妃たちそれぞれに、宦官を通じて知らせがあった。

「五日後、陛下が後宮にお渡りになられます。まずは称号の授与式、そしてお妃様方全員と、宴《うたげ》の席を設けたいとのことです」

妃たちは――全員ではないが――とうとうやってきた皇帝との対面という一大事に色めき立った。

そして、ソワソワしながらその日に備えて入念に肌を整え、衣装や装身具《アクセサリー》を真剣に選んだ。


「地味ですわねぇ」

寝台の上に魅音の手持ちの衣装を広げ、確認した雨桐が考え込む。

「陶翠蘭様の身代わりとして、ここにいらしたんですよね？　翠蘭様がお召しになるようなお衣装は、調《ととの》えていただけなかったんですか？」

隣に立つ魅音は、軽く肩を竦《すく》める。

「陛下の目に留まるつもりがなかったんだから、仕方ないでしょ」

これでも、それなりのものは持たせてもらったのだ。確かに地味だし、装身具も最低限しかない

けれど。

「格好さえつければ、私は別に構わないよ」

当然のように魅音は言ったが、雨桐は首を横に振る。

「こんなに地味では、逆に目立ちますよ。他のお妃様方は、もっと着飾っていらっしゃるでしょうから」

そう言われても、ないものはない。

「仕方ないなー」

身を翻《ひるがえ》した魅音は、部屋の隅に飾られた花瓶に近づいた。

そこには雨桐の心づくしで、沈丁花《じんちょうげ》の枝が何本か飾られている。赤紫《あかむらさき》がかった白い花が小さな毬《まり》のようにまとまって、えも言われぬ芳香を放っていた。

魅音は、花の上に手をかざした。そのまま、空中を横へ滑らせ、雨桐が両手で広げていた裙《スカート》をさらりと撫でる。

「よっ」

「あっ！」

目を見張る雨桐の前で、落ち着いた紫色の襦裙《じゅくん》に、美しい沈丁花の刺繍《ししゅう》が咲いた。

「アザと一緒で、服の表面にもこんな感じで映し出せるのよ。衣装はこれでいい？」

「は、はい。華やかになりました」

「でも、問題は装身具か。ねぇ、皇城なんだから宝物庫とかあるでしょ？　そういうところから借りられないの？」

魅音の質問に、雨桐は困り顔で答える。

「先帝時代に、珍貴妃がめぼしい装身具を自分の宮にお持ちになって行ってしまって。その後にあんなことになったので、一部は廟に封印され、残りは置いておいても縁起が悪いということで、陛下が国庫の足しに売り払われました。残っていないこともないですが、お妃様方が陛下の前で身に着けるような格のものはとても」

「ふーん。ちゃんとした品は、廟にあるんだ」

何気ない様子で、彼女はつぶやく。

「ちょっと見てくるか」

「翠蘭様？」

踏み出しかけた魅音の袖を、はっし、と雨桐がつかむ。

「封じられていると申し上げましたが？　まさか借りてこようなんて」

「あ、ええと、しませんよもちろん？　一度くらい珍貴妃の廟を見ておかないとな、と思っただけでーす」

「あなた様の方がこういったことはお詳しいと、存じ上げてはおりますが、くれぐれも怨霊を刺激するようなことはなさらないで下さいましね！」

雨桐にがっつりと念を押され、魅音はごまかし笑いをした。

「あはは、わかってますってー。ええっと、装身具だけど、いざとなったら本当に地味でいいと思う。だって陛下は節約中なんだから、私も節約しましたって言えばいいでしょ。ほら、私ってば妃の鑑《かがみ》！」

「まあ、言い訳は立ちますが……それにしたって品位というものが……」

やはり、雨桐は気になるようだった。


午後の陽《ひ》が傾き始めた頃。

雨桐が一番忙しくしている時間帯に、魅音は一人でフラッと花籃宮を出た。普通、妃は一人では出歩かないものだが、そこは魅音である。

北へ北へと歩き、やがて木々が増えて、あたりは鬱蒼《うっそう》としてきた。普通の人間なら薄気味悪く感じるところだけれど、本性が人外である魅音には、暗がりを恐ろしく思う理由などない。

木々の隙間から、建物が見えてきた。

「あれかな」

六角形をした建物だ。三階建てで、各階ごとに立派な瓦屋根もついているが、壁はのっぺりとしていて窓が一つもない。ただ一階部分に、赤い両開きの戸があるだけだ。

近づいてみると、その赤い戸の周囲の石枠に、ぐるりと呪文が彫り込まれている。

「あれ、これ私、入れないじゃん」

魅音はつぶやいた。

それは後宮の結界に似ていて、普通の人間、例えば僧や方術士などは用があれば出入りできるが、人ならざるものは出入りできないようになっていた。罪人のあれこれを封じてある場所なのだから、当たり前の措置である。強い恨みを残して死んだ者は、普通の弔《とむら》いを行っても後々怨霊化してしまうことがあるので、こうして念を入れて封印し、いわば強制的に眠らせるわけだ。

「一応、周りも見ておくか」

魅音は人の気配がないか確認してから、一瞬で白狐に姿を変えた。

ぴょん、と飛び上がり、低い木の枝から廟の二階の屋根へ。屋根の上をぐるっと回ってから、さらに高い木の枝、三階の屋根、と飛び移っていく。

建物全体を見たところ、どこにも方術のほころびはなく、廟は完璧に封印されていることがわかった。

(中を覗けないのは残念だけど、封印がしっかりしてるのは安心ね。照帝国の方術士って、きっちりしてるんだなー。ここに埋葬されたなら、もし珍貴妃の怨霊が存在していても何もできないでしょうね)

魅音は納得して地上に降り、元の姿に戻ると、廟を後にした。


翌日は、内文学館で授業がある日だった。青霞、天雪と内院で落ち合ってから、花籃宮を出る。

天雪が話しかけてきた。

「翠蘭は、陛下の宴にどんな格好をしていくんですか?」

「うーん、そんなに盛らないよ。派手なのは好きじゃないし、かんざしとか耳飾りとかは手持ちもほとんどないし。でも、雨桐に地味すぎるって言われちゃった」

　宝物庫のものは珍貴妃が持って行ってしまったらしい、という話をすると、「そうそう」と青霞も話に交ざってくる。

「しかも自分では使ってなくて、お気に入りの侍女たちを着飾らせるのに使ってた。珍貴妃ご本人は、立派なのをたくさんお持ちだったもの。特に、先帝に贈られた孔雀の髪飾りはお気に入りで、いつもつけていたわ」

　それは頭の両脇につけるよう一対《いっつい》になった髪飾りで、右向きと左向きの孔雀を象《かたど》っているものだそうだ。

「金細工に珍珠《しんじゅ》があしらってあって、すっごく豪華なのよ」

「へぇ、見てみたいなぁ」

「廟の中だけどね」

　死者の思い入れのあった品もまた、封印の対象である。

「で、翠蘭は華やかなのが必要なのね？」

　青霞が、瞳を煌《きら》めかせた。

「私の使わない予定のものなら何でも貸してあげる。授業が終わったら、私の部屋に選びに来て！」

　花籃宮は、内院をぐるりと建物が囲んでいる造りで、全て屋根つきの廊下で繋がっている。北棟は二つあって、一つは正房で共有の居間と書庫があり、もう一つは厨房や宮女の部屋だ。東棟と西棟に妃たちの私室があって、魅音は東棟の四つの部屋のうち二つを使い、青霞と天雪は西棟の部屋を二つずつ使っている。南棟は客間だ。

西の棟を、初めて訪問する。

青霞は大きな柄模様が好きなようで、屏風《びょうぶ》や椅子に張られた布には印象的な模様が入っていたけれど、色は抑えめなので派手さは感じなかった。

「座って、座って。えーっと」

青霞は私に椅子を勧めておいてから、大きな棚の上に置かれた箱に近寄った。箱には浅い引き出しがいくつもついており、青霞はそれを引き出しては卓子の上に置く。

「翠蘭はどういうのが好き？」

並べられた引き出しの中には、耳飾りや髪飾り、腕輪などがいくつも入っていた。どれもなかなかの品である。

「わぁ、立派なものばかりじゃない。青霞、どうして宮女になったの？」

つい、魅音は聞いてしまった。

このような品を揃えられるほどの家なら、娘が働く必要などない。青霞自身に特殊な技能があるか、または何か困った理由があったのではないかと思ったのだ。

青霞は自嘲《じちょう》ぎみの笑みを浮かべる。

「私の父は成り上がりの商人なんだけど、すっごくガメつくて、少しでも多く儲《もう》けるためなら何でもするの。私が十五歳の時、三十年上のお得意様のところにお嫁に行かされそうになってね」

「うわー。それで、逃げてきた的な？」

「そう。官吏がお客としてきた時に自分を売り込んで、強引に宮女になったわけ。私、もう二十三になったけど、もし実家に戻ったとしたら、たぶんまた嫁に行かされるわ。今度はどこかの後妻さんにでも、って感じかな。それよりはここに残った方がいいと思って。新皇帝が即位なさったしね」

「でも、妃になっちゃったんだ」

「私なんかが選ばれるなんて、妃不足ここに極まれりって感じよね。妃にされるって知ってたら、さすがに後宮を出てたかも。でも、父が情報を掴《つか》むのが早くてねー」

娘が妃になる、とくれば、父親には美味しい話だったろう。青霞の意向など無視して、さっさと話を進めてしまったに違いない。

「じゃあ、この装身具類は、お父様が大喜びで揃えてくれたものなのね」

「それもあるけど、要するに商品なのよ。娘に着けさせて宣伝したいの。今回着けるものも、父に指定されちゃって」

青霞がちらりと、奥の棚を見る。そちらに別にしてあるのだろう。

「だから翠蘭、こっちのはどれでも好きなのを使っていいのよ。これとかどう？」

「ちょっと派手じゃない？」

「翠蘭はくっきりした美人だから、このくらいが似合うわよー。称号を頂く式に着けるんだから、あなたも主役の一人でしょ。美朱様よりしゃしゃり出なければ大丈夫」

「そうかー、うぬぬ」

唸《うな》りつつも、魅音は感心する。

「青霞は侍女をやってたこともあるんだってね。だからそういうのに詳しいんだ」

「あ、ええ……まあね。ふがいない侍女だったけど」

青霞の視線が泳いだので、魅音は自分が無神経なことをやらかしたのではないかと気づいた。

（何かあったのかな。珍貴妃がらみ？）

「ごめん。もしかして、仕えていた妃が亡くなったの？」

恐る恐る聞いてみると、青霞はあわてたように、手を横に振る。

「ううん、亡くなってない、亡くなってない。ちょっと事情があって、政変よりもだいぶ前に後宮を出て行かれたんだけどね」

「そうなんだ？　結果的に、逃げることができたってことだよね、良かったじゃない。でも、どうして」

知りたがりの魅音がもう少し聞こうとすると、青霞は手元の箱をずいと押しやった。

「あ、翠蘭、こっちはどう？」

（この話は、あまり続けたくなさそう。侍女時代はいい思い出がなかったのかもね）

そう思った魅音は、装身具選びに集中することにした。

（うーん、迷う。とにかく、青霞のより控えめにしておけば間違いないかな。借りる側が、貸す側より目立つのはちょっとね）

そう思い、申し出る。

「ねぇ、青霞がどんなのを着けるのか見せてもらっていい？　参考にしたい」

「いいわよ」

青霞は席を立ち、一つ奥の棚まで行くと、引き出しを開けた。

その時、チャラン、という音がした。引き出しが一瞬引っかかったかと思うと、何かが落ちる。

「あっ」

青霞があわててしゃがみ込み、拾い上げた。

翡翠の耳飾りの、片方のようだ。蝶の形に彫ってあり、緑と白の混じり具合が羽の模様のように見えて美しい。球状の翡翠がいくつか、下に連なっている。

「それも素敵だなー。青霞は本当に色々と持ってるのね」

「あ、ええ。これはお気に入りなの。大事にしてるの」

青霞は、それを急いで下の引き出しにしまった。あまり見せたくないらしい。

上の引き出しをもう一度すっかり引き出して持ってくると、青霞は自分が着ける予定のものを見せてくれた。それを基準に、魅音は自分のものを絞り込む。

「よし、この水晶のにする！」

ようやく魅音が決めた時、宮女の誰かが外から告げた。

「あのぅ、青霞様、医局から笙鈴が参りました」

「はーい、こちらへ」

青霞が返事をする。

「笙鈴？　青霞、どこか悪いの？」

「ううん、そこまでもないの。最近、ちょっと寝つきが悪いから鍼《はり》を頼んでみたんだ。笙鈴という人、翠蘭がいい人だと言ってたから」

そこへ、笙鈴が入ってきた。丁寧に礼をする。

「青霞様、お呼びにより参りました。あ、翠蘭様！」

魅音に気づいて目を見開く笙鈴に、魅音はにっこり笑いかける。

「こんにちは！　笙鈴」

「ご快癒《かいゆ》、おめでとうございます」

笙鈴は魅音に向き直って、改めて礼をする。

「後宮に戻ってこられたと聞いて驚きましたが、アザが消えたのなら本当によかったです。その後も、ぶり返したりなさっていませんか？」

「大丈夫！　出ていないわ」

「それは何よりです。原因がわからなかったので、もし万が一、後宮に戻ったらまた……なんてことになったらと」

誠実に心配してくれる笙鈴の様子に、大ウソつきの魅音の心はチクチクと痛む。

「ううっ、あ、ありがとう」

「アザ以外にも、お変わりありませんか？」

「うん、元気、めちゃくちゃ元気！」

魅音はアハハと笑ってみせ、ボロが出ないうちに退散することにした。

「じゃっ、私は失礼するね！　これお借りしまーす、助かった！」

「いいのが決まってよかったわ。笙鈴、じゃあお願いしようかしら」

「はい、それでは寝台で施術させていただければと」

隣の寝室に行く二人と、布に包んだ簪《かんざし》やら耳飾りやらを持った魅音は外廊下に出ると、そこで手を振って別れたのだった。


その夜。

魅音が眠りについて、まもなくの頃だった。

（……ん？）

何か聞こえた気がして、魅音はふわっと眠りの淵《ふち》から浮上した。

（人の声……？）

女の声のようだ。ぼそぼそと、外から聞こえてくる。時折、すすり泣きが混じった。

（もー。夜中に独り言とか迷惑ー、やめてよね）

そう思いながら寝直そうとして、あ、と目を開き起き上がる。

（いかんいかん、幽鬼かもしれないのか。確かめないと）

人ならざるものに慣れ過ぎているのも考えものである。

寝台から降りた魅音は、布の履《くつ》に足を入れた。寝間着のまま静かに戸を押し開けると、外廊下に出てみる。

内院には月明りが射し込み、ぼんやりと明るい。

その内院を、ゆらゆら、ふらふらと横切っていく人影がある。

やはり寝間着姿のそれは、青霞だった。おぼつかない足取りで、よく見れば裸足《はだし》だ。冷たい石畳の上を、ぺた、ぺたと歩いていく。

(寝ぼけてるの……?)

確かめようと見つめる魅音の前で、青霞は口を開く。

『私はやってない……嫌よ、後宮を出たくない』

魅音は眉を顰めた。

(青霞の声じゃ、ない)

青霞の口から、青霞よりも高い女の声が、つらつらと漏れ出す。

『盗んでなど……おりません……本当です……私にはお役目が。子を産むお役目が。どうかお情けを……嫌、追い出さないで、私は何もしてない、まだ何も、何も、何も』

魅音は外廊下から内院に降りると、スタスタと青霞に近づいた。彼女の前に回り込む。

「はい、こっち見て」

『………』

ゆっくりと、彼女は顔を上げた。その顔からは、表情が抜け落ちてしまっている。

『……なに？』

そう言った青霞の耳元で、何かが揺れた。

耳飾りだ。昼間、青霞が落としてすぐにしまいこんだ蝶の耳飾りが、片方だけ彼女の耳で揺れている。

魅音はゆっくりと聞き返した。

「あなたは、誰なの？」

『私は……文晶《ぶんしょう》。高《こう》文晶』

つぶやいた青霞は、微笑む。

『私、妃として、陛下のお子を産むの』

「そう。その蝶の耳飾りは、あなたの？」

『……みみ、かざり』

しゃっくりのような音が喉《のど》から漏れた直後、青霞の声が割れ始めた。

『違う違う違うっ、私のじゃない、私じゃない！』

いきなり青霞は、自分の顔の左側を両手で掴むような勢いで触った。耳飾りを探り当てると、必死で外そうとする。

『盗んでなんかいない、私じゃないのに、ひどいわ、どうして、誰が』

魅音は手を伸ばし、青霞の両手を押さえた。

「そんなに力任せにしたら、耳がちぎれてしまう。待ちなさい、外してあげるから」

『……あ……』

青霞はボーッとした目で魅音を見つめ——

——ふっ、と身体から力が抜けたかと思うと、倒れかかって来た。魅音は素早く彼女を支え、一緒にしゃがみ込むようにして石畳に座らせる。

その拍子に、耳飾りが魅音の胸元に触れた。

（あ。触ってやっとわかった、この耳飾りって何か憑《つ》いてる）

魅音の目が赤く光り、にょき、と頭に狐の耳が生えた。口からはチラリと牙《きば》が覗く。本性を垣間《かいま》見《み》せて、威嚇《いかく》したのだ。

（やれやれ）

ぼんやり光っていた耳飾りは、チリチリッと震え、そしてフッと光が消えておとなしくなった。

魅音も耳を引っ込め、耳飾りを青霞の耳の穴からそっと抜く。

すると、うっすらと青霞が目を開いた。

「……あ……」

「目が覚めた？」

魅音は言いながら、さりげなく耳飾りを自分の懐に隠す。

「え……翠蘭？　あれ、やだ、何で外？」

魅音にもたれていた青霞は、慌てた様子で身体を立て直した。その声は、元の青霞のものだ。

「嘘《うそ》、私ったら寝ぼけたの？　恥ずかしい、ごめんなさい、あの、ありがとう……！」

「いいのいいの。なんか気配がするなと思ったら内院にいるから、びっくりしたけどね。もうすぐ陛下に会うから緊張したんじゃない？　それとも、昼間の鍼が効きすぎたかな？」

「そうなのかしら、ああもう嫌だぁ」

恥じ入った様子の青霞を助け起こし、魅音は彼女を寝室まで送った。寝台に座らせ、尋ねる。

「何か飲む？」

「大丈夫、ありがとう」

青霞はようやく微笑んだけれど、まだ不安そうだ。

「また寝ぼけたらどうしよう……」

「寝室の戸に、外から箒《ほうき》でも立てかけておこうか。戸が開いたら倒れて音がするでしょ、誰かしら気づくと思う」

そして、魅音はさりげなく続けた。

「そういえば、寝つきが悪いんだったっけ。ずっとなの？」

「え、あぁ」

青霞はハッとしたように目を逸らした。

「ずっとなんてことはないわ！　うん、ほら、季節の変わり目だからじゃないかしら？　そのうち落ち着くと思う」

「あー、それはあるかもね。さーて、私は戻ろうかなー」

「ええ、ありがとう翠蘭。おやすみなさい」

「おやすみ、青霞」

魅音はにっこりと微笑みかけると、青霞の寝室を出た。そして、正房《おもや》の裏手にある物置から箒を持ってくると、青霞の寝室の戸に外から立てかける。

自分の寝室に戻り、寝台に腰かけると、魅音は懐から耳飾りを取り出した。

手のひらの上で月光を反射して、翡翠の蝶は妖艶《ようえん》なまでに美しい。今にも羽ばたきそうに見える。

(高文晶、と言ったっけ。あれは誰？　いったい、この耳飾りは何なんだろう？)

その夜は、魅音の寝台にある棚に耳飾りを置いて寝たが、何事も起こらなかった。


翌日、昂宇に頼んで調べてもらった結果、わかったことがあった。

高文晶は先帝時代に『嬪』だった妃で、青霞は侍女だったころ、彼女に仕えていたようだ。

「そっか、青霞の主《あるじ》だったんだ。結構前に、後宮を生きて出たって聞いたわ」

魅音が聞くと、昂宇が淡々と答える。

「はい、昨年の秋に。記録を読んでみたところ、皇后の耳飾りを盗んだそうです」

「………………はい？」

「いや、だから、高文晶は、先帝の皇后だった愛寧殿の耳飾りを盗んだんです。それがバレて罰せられ、後宮を追い出されて尼寺に行った、と」

「えぇぇ!?」

びっくりして魅音は聞き返す。

「なんかこう、心の病《やまい》で……みたいなフワッとした理由は聞いてたけど、本当はそれが原因だったの⁉」

「よりにもよって皇后のものを盗むなんて、まともな神経ではできませんから、心の病といえばそうなのかもしれませんね」

「ええと、その耳飾りって、もしかして蝶の形をした翡翠の？」

指で蝶の形を宙に描きながら確かめると、昂宇が軽く目を見開く。

「……？　よく知ってますね、そうです」

魅音の耳に、昨夜の叫びが蘇った。

『違う違う違うっ、私のじゃない、私じゃない！』

『盗んでなんかいない、私じゃないのに、ひどいわ、どうして、誰が』

（その心残りが怨念《おんねん》となって、耳飾りに残っている……？　妃として子を産む、ってはっきり言ってたもんね。濡《ぬ》れ衣《ぎぬ》を着せられるだけじゃなく後宮を追い出されて、役目が果たせなくなって。

……でも）

彼女は、懐に隠した耳飾りに上から触れた。

（どうして、文晶妃が盗んだ耳飾りを、青霞が持ってたの？　犯行が発覚した後、皇后に戻されたのではなく？）

怪異を調べている最中にこんなことを知ってしまったら、文晶妃と青霞に起こったことも調べないわけにはいかない。

魅音は再び、青霞に会いに行った。

「昨日はありがとう。あの後はちゃんと眠れたわ」

青霞はそう言って魅音を迎えてくれたけれど、「話したいことがある」とまずは腰かけると、やや緊張気味に首を傾げた。

「何の話？」

「これのこと」

懐から耳飾りを出し、卓子に置く。青霞は、あっ、と声を上げた。

「ど、どうして翠蘭が持ってるの⁉」

「昨夜、青霞の耳から外したの。昨夜は混乱するだろうから言わなかったけど、青霞が寝ぼけたのはこれのせいみたいよ」

魅音は、昨夜の彼女の様子を話して聞かせた。

「昂宇に調べてもらったら、この耳飾りは先帝の皇后のものだったのね。青霞がお仕えしていた文晶妃は、これを盗んだ罪を問われて後宮を追い出され、今は尼寺にいるって聞いた。でも、耳飾りは皇后に戻されることなく、青霞が持っていて、昨夜は青霞にとり憑いた」

「…………」

「このままにしておくのはよくないと思う。青霞、どうして文晶妃の怨念のこもったこれを、あなたが持ってるの？」

「怨念……」

打ちひしがれた様子で、青霞はぽつぽつと話し出した。

「……そうよね。やっぱり今も、文晶様は私を恨んでらっしゃる」

高文晶は中級貴族の娘で、『嬪』の妃だった。

美しく慈愛に満ちた女性で、青霞たち宮女からも慕われていたが、おとなしく従順で自分の意見を持たない。

父親からは『必ず皇帝の子を産め』と命じられていて、

「自分の役目はわかっているわ」

と、いつも穏《おだ》やかに微笑んでいるような妃だった。

先帝は元々、嗜虐性《しぎゃくせい》の持ち主だったようだ。帝位についたことをきっかけに、自分は何をしても許されるという歪《ゆが》んだ支配欲が、その性質を露わにさせてしまった。皇后は皇族の出、つまり神の血筋なので手は出さなかったようだが、妃たちを痛めつけては、それが愛情表現であると言ってはばからなかった。

従順な文晶妃もそういうものだと思い込んでいたし、閨房《けいぼう》で起こることを侍女たちが詳しく知るはずもない。主《あるじ》の身体にできたアザや傷を化粧で隠しながら、痛ましいとは思っていたが、きっと子を身ごもれば収まるだろうと、その日を心待ちにしていた。

しかし、新しく珍艶蓉が後宮入りして貴妃になり、状況は悪化した。貴妃は先帝に似た嗜好を持っていたらしく、二人で妃たちを痛めつけるようになったのだ。

ある日、『嬪』の妃が一人、急病で亡くなったという報が、文晶の宮にもたらされた。

青霞たち侍女は、ぞっとした。

（急病なんかじゃない。原因は先帝と珍貴妃に決まっている）

彼女たちは相談し、文晶妃に進言した。

『このままでは、文晶様も大怪我《おおけが》をなさるか、命を落としかねません。何か理由をつけて、しばらくご実家で静養なさっては？』

『いいえ、あの方が亡くなって、他の妃たちのお役目はさらに重要なものになってきます。陛下もきっとお悲しみのことでしょう、慰めて差し上げなくては』

淡々と答える文晶だったが、それは父親に言われた通りのことを言っているのだろうと、侍女たちにも想像がついた。

（文晶様のお父上にとっては、競争相手が一人減った程度のことにすぎないのね……）

青霞たちは気を揉《も》んだが、早く子を授かるようにと薬湯を飲むなどしている文晶に、あまり強くは言えなかった。

しかしやはり、絶対に子を産むのだという重圧は、文晶にのしかかっていた。彼女の様子はどんどんおかしくなり、夜中に叫んで飛び起きたり、心配のあまり強いことを言った侍女のことを叩いて、急に謝りながら泣き出したりするようになった。

主が今にも潰れそうになっているのが目に見えるようで、侍女たちは口々に後宮を出ることを進言したが、彼女はそれだけはどうしても聞く耳を持たない。

(どうしたら、文晶様をお助けできるんだろう)

青霞は考え続け、そしてふと、こんな考えが頭をかすめたのだ。

(自分から出て行かなくても、追い出されればいいんだ。文晶様が何か罪を犯せば、追い出してもらえるのでは？　そう……私が罪を犯して、文晶様がやったことにすれば)

主に濡れ衣を着せる——恐ろしい考えだったが、命を救うにはそれしかないと彼女は思った。罪を犯すことで、文晶が殺されるような罰を受けては意味がない。そこまではいかない程度の罪、『追放で済む罪』とはどういったものか？

青霞は頭の中で、様々な犯罪について考えた。

そんなある日、後宮内の庭園の池で、妃の一人が遺体で見つかったという知らせがあった。

(また、犠牲者が。もう時間がない……！)

青霞もまた、追い詰められていたのだろう。その悲報を聞いた直後、彼女の足は勝手に、牡丹宮に向いていた。皇后の住まう宮だ。

庭園で遺体を発見したのが、皇后の侍女たち数人だったらしい。彼女たちは今、官吏に事情を聞かれている。皇后の周りは手薄になっているか、そうでなくともいつも世話している宮女ではない宮女たちがいるため、自分が紛れ込んでもごまかせる。

(今なら、皇后様のものを何か、盗める)

文晶よりも位の高い妃といえば、今は珍貴妃と皇后しかいない。そういう人から盗んだとなれば追放してもらえるだろうけれど、珍貴妃から盗むわけにはいかない。それこそひどい目に遭わされるからだ。

まるで神の加護でもあるかのように、青霞はするりと牡丹宮に侵入した。

そして、皇后の衣装部屋から、たまたま目についた蝶の耳飾りを盗み出したのだ。

すぐには、露見《ろけん》しなかった。皇后が病がちで、装飾品を身に着けるような行事がなかったせいかもしれない。

数日後、月に一度の皇后への謁見《えっけん》が、予定通りに行われることになった。

文晶の支度が終わった後、青霞は『耳飾りの金具が壊れそうです、似たものに替えますね』と言って、主の耳飾りをさりげなく皇后のものに付け替えた。鏡を見なければ、文晶本人には見えない。

青霞以外の侍女たちには、当然、その見覚えのない耳飾りが見えている。しかし、彼女たちは黙っていた。青霞がやろうとしていることを察したのだ。

その姿で、文晶は皇后の前に姿を現した。

——事は、青霞の目論《もくろ》んだとおりに進んだ。

『心を病んだ文晶妃は行動がおかしくなり、皇后の宮に忍び込んで耳飾りを盗んだ』として、後宮を追放されることになったのだ。

今、その耳飾りが、青霞の部屋、卓子の上で美しく煌めいている。

魅音は小さくため息をついた。

「それで、文晶妃の怨霊はあんなに、私はやってないって言ってたのね」

告白を続けていた青霞は、自分を落ち着けようとしてか、深呼吸した。

「……文晶様がいなくなった後、私は尚寝局で働き始めた。文晶様の罪が晴れてしまうと、またこの恐ろしい後宮に戻りたいとおっしゃるかもしれないから、ずっと口をつぐんでいたわ。先帝と珍貴妃がいなくなって、やっと告白できると思った私は、皇后様にお会いしたいと願い出たの。私のような一介《いっかい》の宮女がお会いするのは難しかったし、後宮は宮女が次々と辞めて混乱のさなかにあったから、少し日にちはかかってしまったけれど、ようやく、お目通りが叶った。私は皇后様の前で、あの時盗んだのは私だと白状した」

ふと、青霞は自嘲の笑みを浮かべる。

「皇后様はね、気づいてらっしゃったわ。『文晶妃を後宮から出すためだったのであろう？　よくやりました、辛《つら》かったただろうに』って……私をお責めにならなかった。てっきり罰せられると思っていたから、呆然《ぼうぜん》としながらホッとするような、変な気持ちだったわ。そして私は、次は文晶様に謝りに行こう、今こそ後宮を出る時だと思って、荷物をまとめるために自分の部屋に戻ったの。……そしたら」

青霞は、両手で自分の身体を抱いて、ぶるっと震えた。

「いつの間にか私の懐に、この耳飾りが入っていたのよ。まるでもう一度、私が、牡丹宮から盗んできたみたいに」

何が起こったのかわからなかった。盗みを謝罪に行った足でまた盗んで帰って来たなどと思われたら……と人に言えないでいるうちに、青霞は妃に選ばれ、青霞の父がその話を進めてしまったのだ。

「でも、今ならわかる。文晶様は、自分に濡れ衣を着せた者を恨み続けてらっしゃるのね、当然よね。その怨念が耳飾りに宿っていたから、罪を告白した私のところに来たんだわ。お前だったのか、って」

再び、青霞の目に涙がたまった。

「先帝の子を産みたいって、あんなにおっしゃってたんだもの。たとえ命を失ったとしても、文晶様はその方が本望《ほんもう》だったのかも。汚名を着せられて心が傷つくよりマシだったのかも。私が余計なことをしたせいで、文晶様は苦しんでらっしゃる」

そして、彼女は視線を上げ、魅音を見た。

「翠蘭、今さらだけど私、これをもう一度盗んだって陛下に申し出るわ。文晶様と同じ立場にならないと、償《つぐな》いにはならない気がするから」

「ちょちょちょちょ、待って、早まらないでー！」

魅音はあわてて、卓子の上の耳飾りをぶんどった。

「青霞の気持ちはわかった、わかったけど、ちょっと待って。宴の前の日まででいいから、これ貸

して！　調べてみたいことがあるから！　ね！」

「え、あの、うん……わかった」

「それまでは絶対、盗んでないのに盗んだなんて言わないで！　このことは人に話したらダメだからね！」

魅音は念を押したのだった。


昂宇を呼び出した魅音は開口一番、宣言した。

「明日、文晶妃に会ってくる」

「は？」

目を丸くして、昂宇は聞き返した。

「ちょ、永安宮の陛下に会いに行くだけならまだしも、天昌を出るつもりですか⁉」

文晶妃は現在、天昌の北の山中にある尼寺で暮らしているのだ。近いとはいえ、普通に行くなら馬に乗って行っても一泊しなくてはならない
魅音は、耳飾りの事情について説明した。

「――というわけで、この耳飾りに文晶妃の怨念が憑いてるみたいなの。でも本人は生きてるんだから、生霊《いきりょう》に近いものなわけ。それなのにこれを封じたり壊したりしたら、その人も壊れてしまう。本人に生霊を戻さないといけない。で、行くなら一番速いのは、狐の足で走れる私」

魅音は自分を指さして、「いいよね？」と首を傾げてみせた。

「な、なるほど。それなら、一日で帰ってこれる……か……」

納得せざるを得ない昂宇がうなずくと、魅音は片手を差し出した。

「生霊を身体に返す霊符みたいなやつ、あるよね？　ちょうだい」

「自分で神通力を使って仙術とかかけられないんですか⁉」

「かけられませんが何か⁉」

「はいはいそうでした今は人間ですもんねキレないで下さいよ。まったく、方術士使いが荒い……」

昂宇は懐から霊符用の紙を取り出すと、墨を磨《す》ってサラサラと霊符を書いた。魅音の見たところ、複雑な呪文を完璧に霊符に仕上げている。

「……よく覚えてるね」

「基本的な呪文くらい、覚えてますよ」

何でもないような口調の昂宇だが、魅音は、

（これで『基本』？　私を相手に謙遜は通用しませんけど？）

と思う。

（太常寺に所属する方術士の中では下《した》っ端《ぱ》、みたいな話だった気がするけど、皇城の方術士ってそんなに優秀な人が揃ってるのかな。それとも――）

「――できました」

書き上げた昂宇は、それを魅音の前に置いた。

「これを耳飾りに重ねた上で、文晶妃の身体のどこでもいいので触れさせて下さい。発動します。……魅音、一人で大丈夫なんですか？　怨念が暴れるかもしれない」

「まぁ大丈夫でしょ、青霞を憑《と》り殺してない程度のやつだし」

さらりと言う魅音を、昴宇は眉間《みけん》にしわを寄せて見つめた。そしてふと、卓子の上にあった耳飾りを手に取り、つぶやく。

「でも確かに、僕が触ってみてもこの耳飾り、そこまで強い念は感じないんですよね。力が内へ、内へと向いていているというか……」


山の中の靄《もや》はすっかり晴れて、杉の木の間を日光が幾筋も、斜めに射し込んでいる。

尼寺に続く石段を、白い狐が一匹、飛ぶように駆け上っていた。魅音である。

昼が近くなり、山門が見えてきたところで、魅音は足取りを緩めた。人目がないのを確認し、くるり、と前転して人間の姿になる。

しかし、その姿は魅音ではない。外見は、青霞のものだった。

「お頼み申します。こちらに、高文晶様がおいでと聞き、訪ねてまいりました」

山門の前で、青霞の姿をした魅音が声を張り上げると、僧が出てきて中に通してくれた。山の中にしては立派な寺で、本堂の他に鐘楼《しょうろう》や鼓楼《ころう》、講堂なども備えている。

案内されて本堂を回り込むと、何やら賑やかな声が聞こえてきた。

少し開けたところで、数人の子どもたちが、毬で遊んでいる。そして、そんな彼らを外廊下の石段に腰かけてニコニコと眺める、若い尼僧がいた。剃《そ》り上げた頭、臙脂《えんじ》色の僧服は詰襟で腰で縛ってあり、同じ色の袴《ズボン》を穿いている。

「……高文晶様？」

「……はい」

ゆっくりと魅音に目を向けた尼僧が、文晶だった。聞いていた通りとても美しい女性で、透き通った空気をまとっている。

どこか夢見るような、とろんとした目つきをしていたけれど、その目をぱちぱちと瞬《また》かせて彼女は言った。

「………………青霞？　青霞ね、まぁ……」

「お久しぶりでございます」

魅音が礼をすると、文晶は笑顔になった。

「会えて嬉しいわ。元気そうで、何よりです。でも、どうして、このような山の中まで？」

「文晶様。私、罪を告白するために参りました」

魅音はゆっくりと文晶に近づきつつ、懐から紙を巻いたものを取り出した。

「これを盗んだのは、私です。その罪を、私が文晶様に、着せたんです」

両手で差し出すと、つられたように文晶が手を出した。載せる時に、ちゃり、と音がする。

霊符で包んだ耳飾りである。二つを同時に文晶に触れさせるように、昂宇に言われていた。

（さあ、元の魂にお帰り）

魅音は、文晶が霊符を開いて中を見るのを確認してから、両膝をついて頭を垂れた。

「申し訳ありませんでした。幾重《いくえ》にもお詫《わ》びいたします」

頭を下げ、霊符の発動を待つ。

——ところが、発動する気配がない。

（え？　触ってるのに……おーい昂宇、どゆことー？）

痺れを切らしてちらりと顔を上げる。

文晶は耳飾りを見つめ、泣き出しそうな顔をしていた。そして、魅音に視線を移す。

「謝らないで、青霞」

屈んで魅音を助け起こし、文晶は言った。

「ええ、そうね、私に罪を着せた誰かを恨みながら、私はこの寺に来たわ。でも、だんだん心が落ち着くにつれて、私も悪かったと気づいたの」

「え……」

「後宮から出たことでやっと、物事を外から見られるようになりました。そして、先帝陛下と珍貴妃が妃たちにしていたことが何だったのか、私はどうすべきだったのか、理解したの」

目を伏せて、文晶は続ける。

「たとえ私は良くても、辛い思いをしている人が何人もいたにもかかわらず、私は自分が子を産むことしか考えていなかった。皇后様はお加減が悪く、珍貴妃があのようなふるまいをしていたのだから、それに次ぐ地位である私がお諫《いさ》めしなくてはならなかったのに」

文晶の手は、小さく震えながらも、魅音の手を強く握る。

「先帝が討たれたから、私を救ったあなたにもきっと幸せが訪れているはず、と信じていましたが……自分を責めて、ずっと辛い思いをしていたのね。ごめんなさい青霞、もういいのよ。私は今、この子たちと幸せに過ごしているわ」

「あ、はい、あれ？　えっと、あの、子どもたちってどういう」

発動しない霊符に戸惑いつつ、きゃっきゃと遊び回る子どもたちについて魅音が問うと、文晶はその視線を追って微笑んだ。

「先帝の、身内の子どもたちよ。親が連座して罰せられて、子は寺に預けられたの。子に罪はないから、大事に育てているわ。反省の日々を送っていた私のところに、こんな可愛い子たちが来てくれるなんて……」

（ん？）

魅音は少し考えてから、文晶に尋ねた。

「では文晶様は、この子たちが来る前にはもう、罪を着せた犯人を恨む気持ちはなくなっていたのですか？」

「……？　そうよ」

不思議そうにしつつも、文晶はうなずいた。

「それで心が落ち着いて、身体も健康を取り戻したの」

（確かに、顔色もいいし……え、待って。じゃあもうだいぶ前から、文晶妃は青霞を恨んでなどいない。それなのに一昨日の夜、青霞は耳飾りにとり憑かれて、あんなふうに……）

しかもたった今、生霊を本体に戻す霊符が、文晶には効かなかった。

（……青霞をあんなふうにしたのは、文晶妃の生霊ではないということ？　じゃあ、どうして）

はっ、と息を呑み、魅音は立ち上がった。

（そうか！）

「青霞……？　どうしたの？」

不思議そうに見上げる文晶に、魅音は早口で答える。

「あの、その紙と耳飾り、返してもらっていいですか⁉　皇后様にお返ししますので！」

「あ、ええ、どうぞ……？」

そもそも、とっくに皇后に返したはずの耳飾りである。青霞が持ってきているのがおかしいのだが、そこまで頭が回らないらしく、文晶は戸惑いつつも渡してくれた。

魅音は受け取りながら言う。

「それと、今の話、一筆書いていただいても⁉」

「書く？」

不思議そうな彼女に、魅音は大きくうなずいた。

「青霞……は私か、ええと、文晶様を心配している元侍女たちに、文晶様の今の様子を知らせたいんです！」

「ああ、そうね、私ったら……。では、少し待っていてくれる？」

文晶はうなずき、手紙を書くために寺の中に入っていく。

魅音は、杉の木々の間から見える空を見上げた。

(夜になったらアレが目覚めて、また悪さをするかもしれない。なるべく早く帰らないと!)

後宮に帰りついた時には、わずかに残照が空の端を染めるばかりで、すでに一番星が瞬き始めていた。

花籃宮の内院はもうすっかり暗くなっていて、いくつかの吊り灯籠に火が入っている。正房の裏手にある厨房からは煮炊きの煙が上っていたけれど、とても静かだ。

魅音は白狐から元の自分の姿に戻ると、すぐに回廊に駆け上がった。青霞の部屋の戸を叩く。

「青霞、いる? ちょっといい?」

しかし、返事はない。

「開けるわよ」

一応断ってから、魅音は戸を引いた。中を覗き込む。

青霞は、灯りも点《とも》さず、一人静かに椅子に腰かけていた。

「……!」

その手に、小刀が握られている。魅音が開けた戸から入った灯籠の灯りが、きらり、とそれに反射した。

そのまま、青霞は小刀を自分の首に――

「待ったー！」

駆け寄った魅音は、バシッ、と青霞の手首を横にひっぱたいた。小刀が手を離れ、部屋の隅まで飛んでいく。

魅音は、懐から霊符に包んだ耳飾りを取り出すと、青霞の額に叩きつけた。

「元の身体に戻れ！」

いきなり、甲高《かんだか》い悲鳴が響いた。

耳飾りから靄が吹き出し、青霞の背後で人の姿になった。影のようなその姿もまた、青霞の姿をしている。まるで、そこに青霞が二人いるように見えた。

（やっぱり！）

影の青霞はしばらく身もだえしていたけれど、やがてまた靄になり、椅子に座っている青霞の身体に吸い込まれていった。

「青霞！　青霞、起きて」

魅音は彼女の頬を軽く叩く。

すると、青霞がうっすらと目を開いた。

「……翠蘭……？」

彼女は瞬《まばた》き、そしてあたりを見回す。

「私……あれ？　今、誰か……痛た、いったぁ、おでこ……」

「青霞、よく聞いて」

魅音は噛んで含めるように言い聞かせた。

「耳飾りのことなんだけどね？　文晶妃の怨念なんて、憑いてなかったの」

「え？　だって魅音が、耳飾りに文晶様の怨霊が、って」

「ごめん、全然違ったわ」

魅音はスパッと謝り、続ける。

「たった今、はっきりわかった。夜に彷徨《さまよ》っていた青霞は、あなたが覚えている、傷ついていた時の文晶妃。過去の文晶妃の姿を、あなたが再現していたの」

「……どういうこと？」

「耳飾りを見るたび、あなたは当時の文晶妃の様子を思い出して、後悔してたんでしょ？」

「ええ……そう、そうね」

「そのあなたの念が生霊になって、自分を罰してたんだよ。牡丹宮で二度目の盗みを働いたのも、その生霊だったんじゃないかな」

「私が、自分で……!?」

青霞は目を見開いた。しかし、すぐにうつむく。

「……そうだとしても、文晶様が傷ついたことに変わりはないわ。今もお辛い思いを……」

「あっ、ハイこれ」

魅音は懐から、手紙を取り出す。

「えーと、ちょうど文晶様から後宮に届いてたものでーす」

さすがに、今日一日で尼寺に行って一筆書いてもらってきた、とは言えない。

「へ？　ちょうど手紙が来た……って？」

さすがに混乱しつつも、青霞はとにかくそれを受け取り、開いた。

手紙には、文晶が侍女たちに向けて書いた、詫びと感謝が綴《つづ》られている。今、寺で穏やかに、子どもたちと暮らしていることも。

「ああ、文晶様……！」

手紙を抱きしめた青霞の表情が、ふわり、と柔らかくなった。

同時に、薄暗い部屋の中、青霞の身体が一瞬内側から光を放ち、そしてゆっくりと消えた。

（あ。今、生霊が完全に、青霞の身体に戻った）

ホッとした魅音は思わず、青霞の膝にすがるようにして床に座り込み、大きなため息をついた。

「あーーーー、よかった」

「わ、翠蘭、大丈夫？」

青霞が慌てて、魅音の肩に触れる。

「あの、あなた、結局今日は何をしていたの？　耳飾りを預かると言ったきり、姿が見えなくて」

「えっ、あっ、何にも？　ちょっとその辺をぶらぶらしてただけ。耳飾りありがとうね、お祓いしないとね」

へへっ、と魅音が笑ってごまかしていると、戸をトントンと叩く音がした。

「青霞様、お食事のお時間です。……あら？」

戸が開いて、雨桐が顔を出し、魅音に気づいて目を丸くする。

「翠蘭様、こちらにいらっしゃったんですか⁉　お戻りになられたなら声をかけて下されば」

「あ、ごめんごめん！　ご飯？　私のご飯もあるよね？　部屋に戻るからちょうだい、もうめちゃくちゃ腹ペコでお腹と背中がくっつきそう！　卵焼きもつけてね！」

魅音は元気よく立ち上がり、「じゃあね青霞！」と手を振って部屋を出た。

自室に戻り、長椅子にぐったりと座り込む。

「あー、疲れたぁー」

そしてふと、考え込む。

（……それにしても。青霞はずーっと後悔していたんだろうに、どうして今？　一昨日の夜になってから、何をきっかけに、生霊があんなふうに動き出したんだろう？）


しばらくして、魅音が戻ったと聞きつけた昂宇がやってきた。

食後のお茶を飲みながら、魅音は今日の顛末《てんまつ》を話して聞かせる。すると昂宇は、疑問が晴れた、といったすっきりした表情になった。

「どうりで、耳飾りから感じる念が弱いと思っていたら。他者への害を引き起こす怨霊ではなかったわけですか」

「うん、びっくりだよね。噂話以外で初めて怪異が起こったと思ったら、生霊よ生霊」

「いや、あの、怪異は初めてではありませんからね？　鬼火が出てますからね？」

「人が死んだ場所で鬼火が出るのなんか、当たり前すぎて」

数に数えていない魅音に、昂宇は少々呆れた。

「いい度胸してますね」

「褒《ほ》めるな褒めるな」

「褒めてません。とにかく、他にも不幸な目に遭った妃はおいでですし、その周辺をちょっと調べてみた方がいいかもしれませんね」

「そうね。ところで、蝶の耳飾りはどうしたらいい？　青霞が盗んだみたいになっちゃってるけど、誰も気づいてないし」

結局持ってきてしまった耳飾りを見せると、昂宇はすぐに答えた。

「今になって後宮内で見つかった、ということにして、太常寺に保管しましょう。他の縁起が悪い品と一緒にね。陛下にも、そういうことで各所に話をつけてもらいます」

（へぇ？）

ふと、魅音は思う。

（陛下って結構、昂宇の言うことなら何でも聞いてくれるのかな。そんな言い回しだったよね）

「……何です？」

魅音の視線に気づいたのか、昂宇がいぶかしそうな表情になる。

「ううん、昂宇は陛下に、ずいぶん気に入られてるんだなって。そういえば、どうして昂宇が陛下の手伝いをすることになったの？　方術士は何人もいるのに、昂宇が選ばれたんでしょ？」

聞いてみると、昂宇はもごもごと答えた。

「即位前から、ちょっとかかわりがあったから……それだけですよ」

「あぁ、前から知り合いだったんだ。陛下がね、先帝のせいで人々の心が歪められてしまったって言ってたけど、きっと昂宇は以前の昂宇のままだったんだろうな。そういう人がいると、助かるよね」

「陛下こそ、歪められることがなかったお一人です。有能な武官だったために、先帝派の兵部尚書（国防長官）に警戒され、ちょくちょく天昌を離れる任務に就かされていましたが、腐らずやってきた。……もし陛下がずっと天昌にいれば、もっと早く先帝の暗愚に気づいていただろうに」

その昂宇の口調から、俊輝への信頼の高さが窺《うかが》える。

（いい関係の二人なんだな）

魅音の頬は、勝手にほころんだのだった。

その四　狐仙妃、螺鈿の鏡から妃を救う

そうして、また数日が経ち――

飲み会、ならぬ、皇帝と妃たちの顔合わせの宴の日がやってきた。

後宮の中央、やや南寄りに、宴に使われる極楽殿《ごくらくでん》がある。あまりに華美な装飾は、俊輝が国庫の足しにするために売り払ってしまったので、壺や屏風などの品は少ない。しかし、金色の瑠璃瓦に丹塗りの壁、軒下の極彩色の彫刻など、建物自体がきらびやかだ。

龍《りゅう》が描かれた壁絵を背に、俊輝は語る。

「なかなか後宮に来る時間がとれなかったが、今日はようやく、そなたたちの顔を見ることができた」

魅音たち四人は、皇帝の前に横に並んで立っていた。前に出した手を重ね、深く頭を下げる。皆、それぞれに美しく着飾って、まばゆい光と色彩に包まれていた。

俊輝は続けた。

「皆で、この難局を乗り越えねばならん。荒れたこの国を建て直すため、今、有能な人材を探し出

して集めている。そなたたちも同じだ。俺を、ひいては国を支えるために、そなたたちは選ばれた。役目に協力して当たり、宮女たちにも周知せよ」

「しかと承《うけたまわ》りました」

「身に余る光栄に存じます」

「精一杯務めさせていただきます」

「がんばりまっす」

最後の、微妙に適当なのが魅音である。

俊輝が「李美朱」と呼んだ。

「はい」

美朱が、淑《しと》やかな仕草で進み出る。珊瑚色と淡い緑に包まれて、海の仙女のようだ。

「そなたを、夫人の『賢妃』に叙《じょ》す」

陛下は彼女を任ずると、続けた。

「そなたは気品に溢《あふ》れ、まるで周囲の空気まで清らかになるようだ」

美朱は「ありがとうございます」と淑やかに頭を下げた。

次に、青霞が呼ばれる。

「江青霞。そなたを嬪一位に叙す」

まっすぐ背筋を伸ばした青霞にも、陛下は声をかけた。

「青霞は、笑顔と凛《りん》とした声がよい。俺に力をくれる」

「もったいないお言葉です」

何の憂《うれ》いもなくなった青霞は、生き生きとした笑顔だ。青と金を基調にした装いは、夏の空を思い起こさせる。

次は、天雪が任じられる番だ。

「白天雪、嬪二位に叙す。そなたは、話し方が穏やかで安らぐな。後宮は安らげる場所であるべきだ、そうだろう?」

「仰《おお》せの通りだと思います」

おっとりと微笑む天雪は、大輪の白い牡丹花のようだ。

(一人ずつ褒めるとは、陛下もなかなかやるわね。大ざっぱなだけの武官かと思ったら)

魅音が密かに思っていると、最後に陛下は彼女を呼んだ。

「陶翠蘭。そなたは婦の一位に叙す」

「はいっ、慎《つつし》んでお受けいたします」

進み出た魅音は、紫の地に一面の沈丁花が咲いた襦裙姿だ。濃い赤の差し色が妖艶である。

陛下はどこかわざとらしく、じろじろと魅音の顔を見た。

「そなたは、少し吊り目気味のところが妖艶で魅力的だな。狐が美女に化ける話があるが、化かされる男の気持ちがわかるような気がする。まさに『化身《けしょう》の者』だ」

化身、あるいは化生の者、という言葉には、妖怪という意味の他に『男性を惑わせるような女性』という意味がある。

（でも妖怪の方の意味でおっしゃってますね？）

思っていると、彼はいいことを思いついた、という表情をした。

「そうだ。そなたのことはこれから、『魅音』と呼ぶことにしよう」

（お？　そうきたか）

『魅音』という名前は、「魅力的」という意味を持つ。ただし、少々人間離れした魅力を指すことから、好みが分かれる名前だった。人外っぽいと言えなくもないのだ。

どうやら俊輝は、そんな彼女の名前の特徴をうまく利用して、本名で呼べるようにしたらしい。

（陛下ってば、面白いことをなさるなぁ。……そういえばこの名前、そもそも官吏につけてもらったんだっけ）

ふと、魅音は過去に思いを馳《は》せた。


魅音が野狐《のぎつね》から狐仙に昇格して、しばらくたった頃。今から四十年ほど前のことなので、先帝の、さらにその前の皇帝の頃だ。

天昌のはずれにある狐仙堂で、狐仙に助けを願った者がいた。

『どうかお力をお貸し下さい。このままでは、家がめちゃくちゃになってしまいます』

気弱そうな、二十歳前後の男だった。張り切っていた魅音は、その人間の前に姿を現した。偉そうに見えるよう、古めかしい口調で話しかける。

『信心深い人間よ。その願い、聞いてやろう』

さすがに男は驚いていたが、魅音が若い娘の姿をとっていたためかそこまで警戒は強くなく、すぐに事情を打ち明けてきた。

『俺は、王暁博《おうぎょうはく》という。父は名高い武人で、名家の当主だ。しかし、長男の俺はどうにも、武の力に恵まれていなくて』

その反面、暁博は文の力には恵まれており、父親からも『人の上に立つ者は賢くなくては』と見込まれ、将来は家を継ぐことになっているらしい。

『しかし、弟の大博《だいはく》が、馬や剣が得意でね。父の跡を継ぐなら自分だ、と思ってるみたいでさ』

困り顔の彼は、魅音に願った。

『こんなことで兄弟喧嘩《げんか》になりでもしたら困る。一度でいい、俺にも戦う力はあるんだと見せつけたい。手を貸してくれないか』

『お安い御用よ』

狐仙の力で兄弟が仲直りするなんて、まるで民話のようだと、魅音は微笑ましく思った。

ある日、幹部候補の若者が皇城に集められ、禁軍大将軍の前で得意の武器の腕を披露することになった。暁博は弓矢を手に登場し、弟の大博も見ている前で、的の真ん中を見事に何度も射貫《いぬ》いてみせた。もちろん、矢は魅音が神通力を用いて操っている。

その夜、暁博は酒や菓子などの供え物をたんまりと持って、狐仙堂にやってきた。

『狐仙殿、ありがとう。弟が、兄さんは弓が得意だったなんて知らなかったよ、と言っていた。これできっと、弟は俺を見直しただろう』

上機嫌の彼は少し酔っているようで、

『狐仙殿、というのも変かな。こんなに可愛い女の子に化けることがあるなら、名乗る名もあるのか？』

と聞いてきた。

名はないと答えると、その彼が、考えてくれたのだ。

『狐《こ》の姿から、妖《あや》しい魅力の娘に変わる……。胡《こ》魅音、というのはどうかな？』


(懐《なつ》かしい)

思い出から心を引き戻しつつ、魅音は思う。

(陛下、そんな私の名前の由来に気づいたのかも)

本名で呼べないのはちょっと……というようなことを言っていたし、俊輝が魅音という名をつけたことにする、と決めたらしい。

(まあ、その方が言い間違いがなくていいか。私もボロを出さずに済みそう)

思った魅音は、愛想笑いを浮かべて頭を下げた。

「名をいただけるなんて光栄です、陛下」

顔を上げると、俊輝が目を細める。

（光栄とか思ってないだろ）

（元々私の名なんだから当ったり前でしょ）

視線で会話をする二人であった。


宴の場は、一人一人に広い卓子が用意され、菓子や果物がこんもりと飾り付けられていた。俊輝は壇上の卓子へ、そして妃たちもそれぞれ自分の卓子の前に座る。

「さあ、ゆっくり食事を楽しんでくれ」

俊輝が酒杯を掲げると、どこかで楽師が待機していたのか、美しい琵琶《びわ》の調べが聞こえ始めた。

料理は一品ずつ出てくるものと思っていたら、五人の宮女が箱を一つずつ捧げ持って入ってきた。美しい黒漆《くろうるし》の箱だ。

（隣の部屋で毒味を済ませてきたのね。あの箱に料理が入っているのかしら。人の頭が入るくらいの大きさね）

魅音が物騒なことを考えていると、箱は俊輝と妃たちそれぞれの前に置かれた。正面が蓋になっており、金の花や鳥が彫り込まれてきらきらと煌めいている。

宮女が蓋を上に滑らせて外すと、中は三段の棚になっており、青磁や白磁の器が入っていた。器が次々と取り出され、目の前に色鮮やかな料理が並べられていく。

「まあ」

「綺麗《きれい》」

天雪と青霞がささやくのが聞こえた。

季節の野菜の煮物、蒸し鶏をタレで和えたもの、辛みのある味噌を塗った魚は美味しそうな焼き色を見せ、卵と出汁《だし》を椀に入れて蒸し上げたものには銀あんがとろりとかかっている。

熱いものは別に運ばれてきて、五色の皮で包まれた蒸し物や、ふわふわの卵の汁物が湯気を立てた。

(卵料理が二つもある！　やったー！)

魅音はつい、そわそわと壇上を横目で見る。俊輝が食べ始めないことには、他の者たちも食べられない。

俊輝がおもむろに食べ始めたので、ようやく妃たちも箸《はし》を手に取った。

魅音はさっそく、卵料理から手をつける。彼女は元々、好きなものは先に食べる派だ。特に今日は料理がたくさん出そうなので、お腹がいっぱいになってしまう前に食べた方がいいだろう。

(くっ……美味しい。風味が濃い。いい卵使ってるぅ)

味わって食べながら、ふと見ると、正面の席の天雪と目が合った。彼女は箸を上品に口に運び、にこりと微笑む。

「翠蘭の食べっぷりを見ていると、私も何だか、食欲がわきます」

「そ、そう？」

魅音は軽く咳払《せきばら》いをして、一口あたりの量を少なくした。

（上品に、上品に）


一方、俊輝はどんどん食事を進め、そして食べ終えてしまったようだ。酒杯をぐいっと空けて、立ち上がる。

「戦場での早食いの癖が抜けなくてな。そなたたちはゆっくりと楽しめ。これからの後宮のことなども、四人程度なら話しやすいだろう」

その視線が一瞬、意味ありげに魅音に向き、そして離れた。

（なるほど、先に食べ終えて自分は席を外せるように、料理を一度に出したのね。で、さっそく話をして馴染《なじ》め、と。はいはい）

妃たちは一度立ち上がり、礼をして、宦官を引き連れて外廷へと去って行く俊輝を見送った。


全員が座り直すと、美朱が上品に口を開いた。

「いずれ陛下は、皇后様や他の妃をお迎えになるでしょう。けれど、それまでは私たちだけ。力を携《たずさ》えて参りましょう」

皆が「はい」と返事をする。

魅音は最下位の妃らしく、遠慮しいしい続けた。

「わからないことばかりで、皆様方を見習わせていただきたくて。時々、こんなふうに皆でお話をする機会をいただければ、とても嬉しいです」

「私も、ぜひ。陛下はしばらくお忙しそうですし、何かしていたいというのもありますし」

青霞が振り向くと、天雪がおっとりとうなずく。

「私も、一人でいるのは苦手ですの。ぜひ、かまって下さいまし」

「そうね」

美朱は最高位の妃として、まとめるように言った。

「そのうち、茶会でも開きましょう。何か困ったことがあったらいつでも、遠慮なく私に言ってちょうだい」

(よっし。待ってました！)

魅音は心の中で拳を握る。

(本当に遠慮なく突撃するから、よろしくね美朱！)


宴の後で、魅音は青霞に装身具類を返しに行った。

「ありがとう青霞、すごく助かった！　何かお礼しないとね」

「何言ってるの、こっちこそお世話になったのに。またいつでもどうぞ！」

青霞は言い、いたずらっぽく続ける。

「私も『魅音』って呼んでいい？　『翠蘭』の方がいいならそうするけど、『魅音』ってあなたにすごく似合う名だし、新しい名に慣れないとでしょ」

「そ、そうね。じゃあ『魅音』で」

うなずくと、何も疑っていない青霞は、改めて名を呼んだ。

「わかったわ、魅音！」


数日後からようやく、美朱以外の妃たちもそれぞれ専用の宮で暮らすことになった。

といっても、最下位の魅音は花籃宮のまま。青霞と天雪は『嬪』のための宮に移った。『嬪』は先帝時代は九人おり、二つの宮に分かれて暮らしていたそうで、青霞と天雪それぞれに割り当てられたのだ。

賢妃となった美朱は引き続き、珊瑚宮で暮らす。


魅音はさっそく、昂宇を珊瑚宮へ使いに出した。

「相談があるのでお会いしたい、ってお伝えしてきて！」

「わかりましたよ……」

嫌々《いやいや》出かけていった彼は、先方の宦官を通して約束を取り付けてきてくれる。

指定されたのは夕方で、魅音は雨桐をお供に珊瑚宮に出かけた。

珊瑚宮は、花籃宮の倍は大きい。大門、そして内側の二門を通り抜けると、門庁《ホール》に見事な珊瑚の置き物が飾ってあった。

侍女に案内されて廊下を歩きながら、魅音はそっと袖の中に手を入れる。取り出したのは、一匹のネズミだ。

「小丸《ちびまる》、この宮の中で遊んでおいで。呼んだら来てね」

こっそりささやき、廊下に放す。小丸と名付けた白黒ネズミは、すぐに姿を消した。

一流の調度品の揃った部屋で、美朱は長椅子に腰かけ、魅音を待っていた。

「陶翠蘭、何かあったのかしら」

「お目通りをお許し下さり、ありがとうございます」

下手《したて》に出ながら、勧められた椅子に座る。美朱の侍女が、繊細で美しい茶器に茶を注ぎ、そして下がっていった。

「実は……この後宮で、鬼火を見た、という者がいるのはご存じですよね」

こう切り出すと、美朱は興味なさそうに「ええ」とうなずいた。

魅音は続ける。

「私も、見てしまって」

実際に見た怪異は青霞の生霊なのだが、しれっと嘘を言う。

美朱は、思わずと言ったふうに「え」と声を漏らした。

（お。反応アリ）

ため息をついて見せながら、魅音は続ける。

「宮女からも、誰もいないはずの部屋から泣き声が聞こえるとか、格子窓の向こうから誰かが見ているとか、変な噂を聞いて。何が起こっているんでしょうか」

美朱は、ちらりと視線を横へ向け、また元に戻した。

「だからそんなもの、ただの噂でしょう」

「私もそう思っていたのですが、自分も鬼火を見てしまうと気になって。だって、陛下が鎮魂の儀式を行ったはずですよね？　それでも鬼火が現れたということは、怨念が強くて封じきれなかったということじゃないかって思えて、怖いんです」

「…………」

「格子窓の話は、すぐお隣の象牙宮ですよね。こちらの珊瑚宮では、おかしなことはありませんでしたか？」

聞いてみると、美朱は、もう一度、魅音から視線を外した。

「別に、ないわよ。そんな変なこと」

（あったな、これは）

さっきから、美朱は視線を逸らす時、同じ方向を見ている。

（隣の部屋に、何か、ある？）

「あっ、失礼」

魅音は、手にしていた扇をわざと落とし、拾い上げようと屈み込んだ。その隙に、軽い舌打ちをして合図する。

足下に、小さな気配がちょこちょこと駆け寄ってきた。小丸だ。

(小丸、隣の部屋を見てきて)

目を見て念じると、彼はすぐに走り去っていった。

身体を起こした魅音は、軽く眉間を押さえる。

「そんな恐ろしいことがあったので、最近、寝つきが悪くて」

目を閉じると、小丸の視界が瞼《まぶた》に映った。

隣の部屋は、美朱の寝室のようだ。ここも美しく調えられており、左の窓際には寝台、その反対側には黒檀《こくたん》の飾り棚がある。

互い違いになった棚の一つに、何か丸くて平べったいものが飾られていた。布がかけられている。

(せっかく飾っているのに、どうして隠してるのかしら。……よし)

カッ、と目を見開いた魅音は、わざと音を立ててバッと立ち上がった。

「きゃっ」

美朱がビクッとして魅音を見上げる。

「な、何⁉」

「今、隣の部屋から声がしませんでしたか⁉」

「えっ……わ、私は別に何も聞こえな」

「しましたよね⁉」

「い、言われてみれば、聞こえたようなそうでもないような」

声を震わせる彼女に、魅音は尋ねる。

「隣、どなたかいらっしゃるんですか？」

「いないわ、いないわよ」

「本当に？　じゃあ声がするなんておかしいわ。美朱様、下がっていて下さい。私、確認して参ります！」

魅音は迫真の演技で、きりっとした表情を作って見せた。そして、ゆっくり、ゆっくりと隣の部屋に近づいた。

背後で、美朱が息を呑むのがわかる。

おずおずと両手を伸ばし（本当は怖くないのだが）、戸に手をかけ、一呼吸。

魅音は一気に、両開きの戸を開け放った。

美しく調えられた寝室だ。当たり前のことながら、誰もいない。小丸は部屋の隅に隠れたようだ。

「……陶翠蘭？　ど、どうなの？　誰もいないでしょ？」

後ろから、美朱の弱々しい声がする。魅音は深刻そうに返事をした。

「誰も、おりませんね……じゃあ、どうして声なんて」

振り向くと、彼女は申し出た。

「実は私、少しですけど、霊感があるんです。どうも、あの飾り棚のあたりに妙な雰囲気《ふんいき》を感じます」

「えっ」

「拝見してもよろしいですね？」

堂々と聞くと、美朱はひるんだ。

「か、勝手にすれば」

「では、遠慮なく！」

近づいて、さっさと布を取る。

持ち手のある、丸い鏡だ。玻璃《はり》を使ってあるようで、魅音の顔がくっきりと映っている。

手にとって背面を見てみると、黒漆に細やかな螺鈿《らでん》の花が咲いていた。

「うわ、立派な品ですね。これはどういった品なんですか？」

「知らないわっ。いつの間にか、そこに置かれていたのよ」

美朱はひたすら目を逸らし、鏡を見ようとしない。

「きっと、前からここにあったんでしょ。う、映りがよくないから使っていないの！　こっちに向けないで！」

（映りがよくない？　こんなに綺麗に映るのに）

魅音はそっと鏡を元の位置に戻し、布をかけると、美朱に向き直った。

「何か、あったんですね？」

「……」

「…………」

黙って待っていると、美朱はとうとう根負けしたのか、口を開いた。

「…………何日か、前の夜に。いつの間にか、布が勝手に落ちていて。一瞬、知らない人の顔が、映ったような」

「知らない人」

「女性で……目元にほくろが……で、でも見間違いかも。その時だけよ」

「その時だけ？　見たのは一度だけ、ってことですか？」

「……二度、かも……」

(三度以上ありそうね)

それで怖くて、布をかけたままにしているのだろう。

魅音は申し出た。

「調べてみたいのですが、この鏡、お借りしてもよろしいでしょうか？」

美朱は、気を取り直したようにツンと顎を上げた。

「え、ええどうぞ。それで気が済むなら、持って行けば？」

「ありがとうございます、それでは」

(何かわかるかもしれないし、昂宇に見せよう)

鏡を布で包んでいると、美朱は肩をそびやかした。

「あんまり大げさに騒がないでちょうだいね。先帝の妃たちはお気の毒だったけれど、弔いも済んでいるし、妃たちが恨むとすれば先帝と珍貴妃でしょう？　お二人ともすでにこの世にはいないのだから。私には関係ないわ！」

花籃宮に戻ると、魅音はいったん鏡を寝室に置いて、昂宇を待った。

昂宇は、普段は皇城で働いている。本来の、方術士の下っ端としての仕事をしているのだ。後宮にもちょいちょいやってくるのだが、今日は夜に来ると言っていた。

「遅いねぇ、小丸」

食事しながら、同じ卓子で松の実をポリポリ食べている小丸に話しかける。

「ま、昂宇ってあんまり要領よくなさそうだもんね。細かいことといちいち気にして仕事が進まないとかさ。それで時間かかってるのかもね？」

給仕している雨桐が一瞬クスッと笑い、あわてて表情を取《と》り繕《つくろ》った。

食後のお茶を飲み始めても、昂宇は戻ってこない。

「ふぁ……」

あくびが出て、もう今日は寝てしまおうかと思い始めた頃、ようやく回廊をやってくる足音がした。

「失礼します」

昂宇が顔を見せる。

「遅いー。用があって待ってたのよ」

「申し訳ない、仕事がなかなか片づかず」

よほど疲れているのか、目の周りが落ちくぼんで見える昂宇は、ため息をついた。

同情した魅音は、すぐに話を切り替える。

「ちょっと見てほしいものがあるのよ。何でもなければいいけど、昂宇でもわかるほどヤバかったら早めに対処しないといけないから」

「僕でも、ってどういう意味ですか」

昂宇のぼやきを背中に聞きながら、彼女は寝室に鏡を取りに行った。

「…………あれ？」

置いたはずの棚の上に、鏡がない。かけてあった布だけが、くしゃっと丸まって残されている。

「雨桐、寝室にあった鏡を知らない？」

キョロキョロしながら言うと、背後から不思議そうに雨桐が入って来る。

「私は触っておりませんが」

「鏡、ですか？」

昂宇の声に、あちらこちら覗きながら魅音は答えた。

「美朱妃のところから借りてきたのよ。珊瑚宮にいつの間にか置いてあって、知らない女が映ったことが――」

言いかけた魅音は、言葉を切る。

寝室の格子窓が、細く開いていた。

サッとさらに押し開いて外を覗くと、窓の下の地面に何か引きずった跡があった。奥の闇の中へと続いている。

「……私、珊瑚宮に行ってくる！」

魅音は言い放つなり、外の回廊に飛び出した。

「えっ、魅音、待っ――」

「昂宇、後から来て！」

回廊の欄干《らんかん》に手をかけ、内院《なかにわ》に飛び降りた時には、魅音はすでに白い狐の姿に変わっていた。

闇の中、人に見つからないように、建物の裏や藪《やぶ》のある場所を縫って珊瑚宮に急ぐ。

ようやく宮を照らす篝火が見えたところで、魅音の大きな耳はごく微《かす》かな悲鳴を捉《とら》えた。

（美朱⁉）

今度は庭から廊下めがけて飛び上がる。欄干を越え、廊下に降り立った時には、彼女は人間の姿に戻っていた。

美朱の寝室に飛び込む。

「美……あっ⁉」

天井から、色鮮やかな紐が何本も垂れ下がっている。その紐にからめ取られ、美朱のすらりとした身体が、宙に浮いていた。

芸術的とも言えるほど美しい珊瑚宮のこの部屋の中、ぞろぞろした紐が色鮮やかに、そして常におぞましく生き物のようにうごめいている。紐は女性用の腰紐で、美朱の足を、手を、そして首を締め上げようとしていた。彼女の手が首元を弱々しく掻《か》き、涙の滲《にじ》む目が魅音を見た。

唇《くちびる》が喘《あえ》ぐ。

「……か、はっ」

(あれは)

はっ、と見上げると、天井近くにあの鏡が浮いていた。紐は、鏡の中から幾本も垂れて、美朱を吊っているのだ。

(やっぱり。勝手に珊瑚宮に戻ってた)

紐と一緒に、鏡の中から、にゅ……と女の白い顔が現れた。吊り上げた美朱の、苦しげな顔をのぞきこむ目元には、ほくろが一つ。

『かわいそうに。こんなところに囚われて』

割れた声は震え、奇妙なほど労《いたわ》しげだ。美朱は恐ろしさのあまりか、目を閉じることもできずにその顔を見つめている。

女の顔は、ニィ、と笑った。

『さあ、私と逝《ゆ》きましょう。痛くも苦しくもない、もう二度とひどい目に遭わされることなんて、ないところへ……』

「うぐっ」

美朱の手が震える。

魅音は右手の人差し指と中指を揃え、眉間に置いて力を籠《こ》めた。一気に、霊力を解放する。

ぴん、と三角の耳が頭に現れ、ふぁさっと尻尾が飛び出した。

「ものども、かかれ！」

いきなり、部屋の中に何十匹ものネズミたちが駆け込んできた。魅音の発した霊力に惹《ひ》かれ、周辺のネズミたちが一気に集まって来たのだ。先頭には、いつやってきたのか、白黒まだらの小丸がいる。

チュウチュウと騒がしい鳴き声を上げながら、ネズミたちは寝台に飛び乗ると、更《さら》に飛び上がった。鏡と美朱を繋ぐ紐に、次々とぶら下がってかじりつく。

数の強さは圧倒的で、紐はあっというまにボロボロに食いちぎられた。

「あっ」

美朱の身体が、ドッ、と床に落ちた。げほっ、ごほっ、とせき込む声がする。

「あ、あぁ、陶、げほっ」

「下がって、美朱」

魅音は美朱の無事を確かめると、鏡に向き直った。

女の顔が悔しげにゆがみ、鏡の中に消える。

その直後、新たに鏡から飛び出してきた腰紐が、魅音の手首に巻きついた。

「うっ」

首にも一本、絡《から》みついてくる。紐を掴み、魅音は耐えた。

（昂宇、まだ⁉）

そこへようやく、情けない声が外から聞こえてきた。

「た、頼もう！」

侍女が誰何《すいか》する声がする。

「誰ですか、こんな時間に！　無礼ですよ！」

「ぼ、僕は翠蘭様のお付きの……ひっ、近寄らないで下さいっ！　あ、あなた方の主が危険です、通りますよ！」

侍女と言い争う声がしたあと、昴宇が飛び込んでくる。

「魅音！」

彼は状況を目にするなり、何かが切り替わったかのように表情を引き締めると、胸元からすばやく霊符を取り出した。

「今、助けます！」

魅音はがっちりと紐を掴んだまま、にこっと笑った。

「ありがとう。でもこれ、捕まってるんじゃなくて捕まえてるの」

その言葉を、理解したのか。

急に、ふっ、と紐の力が緩んだ。急いで彼女から離れ、引っ込もうとする。

が、魅音の方は紐をしっかりと握ったまま、逆に引っ張った。鏡が、じわり、と彼女に近づく。

「そのまま！」

昴宇は言いながらも、霊符を右手の人差し指と中指で挟み、構えた。

『離して……！』

悲鳴混じりの声が聞こえたけれど、昴宇はお構いなしに唱える。

「『磔《たく》』！」

キン、という硬質な音がして、鏡が大きく跳ねた。

そして、フッ、と力を失い、寝台にぽとりと落ちる。

昴宇が駆け寄ると、バシッと鏡に札を叩きつけた。

気がつくと、腰紐は二、三本が床に落ちているだけで、他は綺麗さっぱり消え去っていた。ネズミたちが、潮が引くようにサーッと姿を消していく。

美朱が呆然と、部屋の中を見回している。

「……ネズミ……たくさんのネズミが」

「え、そんなのいました？　幻《まぼろし》でも見たんじゃないですか？」

強い言い切りが、魅音の武器である。堂々とすっとぼけながら、耳と尻尾を素早くひっこめた。

美朱が、魅音の顔を見上げる。

「……陶、翠蘭……い、今の、あの鏡」

真っ青な顔をした美朱は震えている。魅音は彼女の前に膝をついた。

「魅音でいいわ……じゃなかった、魅音とお呼び下さい。危なかったですね」

「魅音……！」

いきなり、美朱が抱きついてきた。

「わっ」

尻餅をついた魅音の首っ玉にしがみつき、美朱はボロボロと涙をこぼす。

「こわ、怖かった……！」

（あらら、翠蘭お嬢さんみたい。こわいゆめをみたのーって）

「よしよし。もう大丈夫ですからねー」

優しく抱きしめ返し、ぽんぽんと背中を叩いてやると、美朱は涙混じりに叫ぶ。

「な、何なの、あれは、何だったのよぉ！」

「わかりません。ですから、彼女の話を聞いてみましょう」

真っ赤な目をして、美朱は顔を上げる。

「話を、聞く？　だ、誰の？」

「彼女です」

振り向くと、昴宇は長い数珠《じゅず》を絡みつけた両手で、鏡を捧げ持っていた。数珠は、怨霊や妖怪から身を護《まも》る力を持つらしい。

彼は魅音を見てうなずくと、鏡面に貼ってあった札をピッと取った。美朱がビクッと身体を竦《すく》ませて、魅音の肩にしがみつく。

鏡面に、ふっ、と女の顔が現れた。半分目を閉じた彼女は、朦朧《もうろう》としているようだ。

魅音は、静かに命じた。

「名乗れ」

たとえ生前は皇帝の妃でも、今はモノにとり憑いて存在を保っているにすぎない。昴宇のような方術士にすら敵《かな》わないか弱い怨霊は、無意識に魅音を上位と認めた。

女の唇がうっすらと開き、ささやくような声が漏れる。

『私の名は……張《ちょう》、伊褒《いほう》と……申します』

「伊褒。なぜ、この人を襲った？」

『襲ってなど……こんなところにいたら、いけません……痛くて、苦しいことをされる。だったら、いっそ……』

つぶやくように言った伊褒は、うっすらと目を開いた。

『助けないと。全ての女たちが解き放たれるまで、終わらせはしない。忘れさせはしない』

霧が立ちこめたかのように、鏡は白くなっていく。

『救い出さないと……』

やがて、元のように部屋を映しだしたころには、女の顔は消えていた。

魅音は振り向く。

「美朱。聞こえた？」

「あっ、ええ、あの、だ、だいたいは。張、伊褒？　とか」

美朱は半ば呆然としているが、何となくでも今の状況を理解しているだけ剛胆《ごうたん》な方である。

「張伊褒という名前、聞き覚えはある？」

「あの、名前だけは。先帝時代に、この珊瑚宮にいらした……張賢妃のことだと思うわ」

美朱の前に『賢妃』だった妃だ。

「先帝に怪我をさせられて、それが元でお亡くなりになった……とか。でも、ちゃんと弔われたはずだし、珊瑚宮も清められて変な噂などもないと聞いたから、私、ここに住むことにしたのに」

「そう。それなのに、最近になってこんなことが起こったのね。……まあ、もう今日は遅いから、調べるのは明日にしましょう」

「足が、足が痛いわ。擦《す》りむいて……ねぇ、ちょっと」

ようやく落ち着いてきた美朱は、侍女を呼んだ。

「医局にいる、笙鈴という助手を呼んで。騒ぎにならないように、何か適当な理由をつけてね」

年かさの侍女が「かしこまりました」と頭を下げ、部屋の隅にいる昂宇をジロリとにらんでから出ていく。先ほど入口で揉めたからだろう。

（そういえば昂宇って、年齢関係なく女が苦手なのね）

頭の隅でそんなことを思いつつ、魅音は美朱に向き直った。

「笙鈴をご存じなのね。私も、アザの時にお世話になりました」

「仕事熱心な宮女だわ。定期的に体調を見にくるようにすると言っていたし」

美朱はうなずく。

（笙鈴は霊感が強いから、まだ何かあればきっと美朱に教えてくれるわね）

魅音は思いながら続ける。

「ありがたいですね。さてと……美朱、鏡はこちらで引き取りますね」

「え、ええ、持って行って。私はいらない。もう見たくないわ」

「そうでしょうとも。じゃあ、私は花籃宮に戻るので、何かあったら」

「いや！」

いきなり美朱に袖を引っ張られて、魅音はずっこけそうになった。

「わっとっと」

「魅音はここにいて！」

美朱は必死の形相《ぎょうそう》だ。

「今夜は私と一晩中一緒にいるのよ、いい⁉」

「私がですか？　え、でも、もう大丈夫だと思いますよ？」

そう答えてみたけれど、美朱は真っ赤な顔で言い募《つの》る。

「い、いいから泊まっていきなさい！　そう、助けてもらいましたからね、明日の朝食は珊瑚宮でもてなして差し上げるわ。だから泊まりなさいって言ってるの！」

（おやおや。あんなにツンツンしてたのに……かっわゆーい）

ニヤッとしてしまいそうなのを抑え、魅音はサラリとお願いした。

「あ、じゃあ私、朝食にゆで卵が食べたいです。……昂宇、この鏡だけど、どうする？」

振り向くと、昂宇は美朱からなるべく遠いところを通って魅音に近づき、へっぴり腰で手を伸ばしてきた。

「出所を、詳しく、調べましょう」

鏡を受け取って、ササーッと出て行く。

やがて侍女が笙鈴をつれて現れ、ようやく空気が落ち着いたのだった。

『——ということがあったんですよ』


翌日の夜。

魅音は再び霊牌を首に下げ、俊輝のところに狐姿で報告に来ていた。

彼女の頭の上では、小丸がふんぞり返っている。自分も活躍したのだと言いたいのかもしれない。

「ふむ」

腕組みをして聞いている俊輝に、魅音は澄まして続ける。

『美朱って気が強そうに見えて、実は怖がりな人なんですね』

「いいことを教えてやろう。怖がらない方がおかしいんだぞ。お前みたいにな」

俊輝は魅音にビシッと指を突きつける。

「それで？　お前に怪我がなさそうでよかったが、美朱はどうだ」

『擦り傷や打ち身が少し。でも軽傷です。医官の助手が診てくれました』

笙鈴は、美朱の腕や首に縛られたかのような擦り傷があるのを見て、目を見開き、顔色を変えた。

「李賢妃様、いったいこれは……何とおいたわしい」

それから、もの問いたげに魅音に視線をやる。魅音は急いで言った。

「私じゃないからね。珍貴妃みたいな性癖はないからね」

しかし笙鈴にしてみれば、なぜ魅音が夜中に珊瑚宮にいるんだと思うだろうし、あらぬ誤解を招いても仕方がない。かもしれない。

笙鈴が納得したかはわからないが、美朱が
「陶翠蘭は、私を心配して来てくれたのです。それ以上の詮索《せんさく》は無用」

とバッサリ言ったためか、自分の仕事にのみ集中したようだった。

俊輝は「魅音が誤解されかけたのか」と苦笑したが、すぐに表情を改める。

「まあ、確かに、その助手にとっては笑い事ではないだろうな。……にしても、美朱はすっかり手のひらを返したか。見下していたお前を珊瑚宮に泊めるとは」

『一緒の寝台で眠りましたよ。申し訳ありません、陛下を差し置いて』

「まったくだ。現場に出くわしていたら、袖を涙で濡らしながら帰るところだった」

わざとらしく首を振ってから、俊輝は話を戻す。

「それで、鏡の女が名乗った張伊褒という名だが、元・賢妃、つまりかつての珊瑚宮の住人だな。先帝の暴力の被害者の一人で、怪我が元で死んでいる」

『鏡の方は、方術士たちによって供養してもらい、鎮《しず》まりました。今、私の手元にあります』

魅音は説明する。

『先月の初めごろから、鏡はいつの間にか珊瑚宮に置かれていたそうです。美朱も、今の侍女たちも、置いた覚えがないと言っていました。誰もが『誰かが置いたんだろう』と思っていたようで。青霞に聞いてみたんですが、伊褒妃が美しい螺鈿の鏡を持っていた、という話は聞いたことがあると言っていました。でも、彼女が死んだ後にどうしたかまでは知らないと』

「誰かが隠しでもしたかな。そして今になって置いた……？」

『そう考えるのが自然ですね。もう少し調べたら、詳しいことがわかるかも』

話の途中で、小丸は魅音の頭の上でウトウトし始めていた。魅音がゆっくり頭を上下させると、やがて眠り込んだようだ。

俊輝は顎を撫でながら考える。

「張伊褒は、『全ての女たちが解き放たれるまで、終わらせない』と言ったんだよな。つまり、まだ解き放たれていない女がいるということか」

この場合の『女』は、先帝時代にひどい目に遭わされた後宮の女性たちを指しているのだろう。

『亡くなった妃は弔われ、生きている妃は後宮を出たのですよね？　宮女もかな？　後宮全体もお祓いしたし、珍貴妃が自害した宮もお祓いした後で取り壊し、鎮魂碑まで建てた』

「そうだ。張伊褒の言うところの『解き放たれた』状態になっているはずなのだが」

『何か、漏れがあるのかもしれません。それで私、美朱に言ったんです。陛下にお願いして、妃や宮女たちに何があったのか調べなおしてもらいましょう、って。そうしたら』

美朱はきっぱりと、こう答えたのだ。

――いいえ、陛下はお忙しい身です。後宮のことですから、私たちで調べましょう――

「ほう。最高位の責任を担《にな》おうとしているようだな」

『ええ、さすがです。妃に相応しい人ですね、見なおしました』

魅音も小さく、狐頭をコクリとうなずかせる。

『そんなわけで、私たちで手分けして妃たちの記録を調べ直します。陛下、尚宮局《しょうぐうきょく》の過去の資料を見たいんですが』

後宮の人事関係は、尚宮局という部署が担当しているのだ。

「わかった、手を回しておこう。……ああ、そうだ」

俊輝は、机の上に置いてあった皿を引き寄せた。被《かぶ》せてある蓋のつまみに手をかけ、開ける。

中には、綺麗に焼き印をつけた饅頭《まんじゅう》が一つ、ちょこんと鎮座していた。

「夜食だ、食え」

『わーい、やったぁ！』

「お前な、形くらいは遠慮してもいいんだぞ？」

呆れる俊輝を後目《しりめ》に、魅音は小丸を落とさないようにススッと部屋の隅に走ると、器に入っていた手洗い用の水で前足を洗った。そして、後ろの二本足でひょこひょこと机に戻り、前足で器用に饅頭を持つ。

『いっただっきまーす！』

パクッ、と一口食べて、魅音は饅頭の断面に目を奪われた。

鮮やかな黄金色をしている。

『黄身餡《きみあん》だ！』

思わず声を弾ませると、俊輝がさらりと言った。

「卵が好きなんだろう」

（えっ）

あーん、ともう一口食べようとしていた魅音は、動きを止めてしまった。

『……何でご存じなんです？　私が、卵が好物だって』

「宴会の時、卵の蒸し物を見つめてうっとりしてから、幸せそうに食べていたじゃないか。一目《いちもく》瞭然《りょうぜん》だ」

俊輝は機嫌よく笑う。

「狐は鶏などの動物を襲って食べるものと思っていたが、卵が好きなのか、と意外だったんだ。お前が鶏を襲わずに、卵を産むのをソワソワ待っているところを想像すると、可笑《おか》しくてな」

（笑われてるー！　それにしても、さすがは先帝を討った男……よく見てる。他の妃たちのことも、色々と把握してるんだろうな）

なんか悔しい、と思いながらも、魅音はおとなしく黄身餡の饅頭をモグモグといただく。

『んんっ。卵そのままも好きですけど、餡も濃厚でねっとりしてて美味しー！』

「それはよかったな」

俊輝も満足そうに茶を一口飲んで付け加える。

「お前が狐仙に戻った暁《あかつき》には、狐仙堂には卵を供えてやろう。その頃まで俺が生きていればだが」

いつかの、魅音に名前を付けた気弱そうな男を思い出しながら、魅音はツンとそっぽを向く。

『いくらお供えをしたって、私は今回しか、陛下のお願いは聞きませんからね！』

「そうなのか？　まあ仕方ない。必要があれば他の狐仙に願うことにするか」

いかにも世間話という口調で言った俊輝は、ふと口調を変えた。

「魅音。調べるのはいいが、あまり派手にやるなよ。先帝時代のことが原因なら、お前たちには直接の関係はないかもしれないが、鏡を誰かがわざと持ち込んだなら、邪魔《じゃま》はされたくないはずだからな」

『……そうですね』

「相手は意外と、すぐ身近にいるのかもしれないんだ」

魅音はお菓子を食べ終えると、

『承知いたしました』

とうっかり頭を下げた。

小丸が転げ落ちて目を覚まし、チュー！　と抗議の声を上げた。

（まったくもう。都で人間たちと触れ合っていると、昔のしくじりを思い出して、嫌になっちゃうな）

再び小丸を頭に乗せ、建物の陰を狐姿で走り抜けながら、魅音は思う。

あの気弱そうな男・暁博の願いで、兄弟仲を取り持ってやった時の話だ。この話には、続きがあった。

あの後、王暁博は再び、狐仙堂に願いに来たのだ。

『大博が結婚したんだが、それ以来、また跡継ぎになりたそうな様子を見せている。妻になった女が、何か焚きつけたに違いない。魅音、弟夫婦を仲違《たが》いさせてくれないか？』

前回は、この男を活躍させるのが楽しかったが、今回は面白い願い事ではない。しかし、弟の妻も武官の娘で、夫を出世させたがっているのだ……と訴える彼の話を聞いていると、そんなことで彼の家が揉めたら可哀想だとも思った。

（ちょっとケンカさせればいいだけだよね）

そう思った魅音は、美しい女の姿で大博の前に現れた。さらに、偶然を装って——あるいは装っているだけでわざとだとわかるようにして——二度、三度と現れてみせる。

大博の妻の様子はどんどん不機嫌になり、ついに夫婦は喧嘩をした。

『よかった。これであいつも目が覚めるだろう』

暁博は少し安堵《あんど》したようだった。

しかし、それほど間を置かず、魅音は再び呼び出された。

『遅かった。もうすっかり大博は、跡継ぎの座を狙《ねら》うつもりになっている』

そう訴える暁博の目が、血走っている。

『弟が跡継ぎになったら得をする奴らが、弟の口車《くちぐるま》に乗って味方になろうとしているんだ。そいつらを呪ってくれ』

『ちょっと待って。私は呪いをかけることなどしない』

魅音は断ったのだが、暁博は必死で言う。

『呪いに見えればそれでいいんだ。奴らを怖がらせてやれれば』

『本当に、それで解決になるの？』

彼は得意げに、自分のこめかみを軽くつついてみせた。

『なる。まあ見ていろ、俺の思惑《おもわく》通りになるはずだ』――


――魅音は強く首を振った。


「あーっ、もう！」

「わっ、ど、どうなさいました」

ビクッ、と雨桐が身体を竦ませる。

花籃宮の、朝食の時間である。爽《さわ》やかな空気を乱してしまい、魅音はあわてて謝った。

「ああ、いきなりごめん。いやほら、自分が愚《おろ》かでカッコ悪かった時のこと、思い出して身悶《みもだ》えちゃう瞬間って、ない？」

「あぁ……」

水差しを両手で支えてこぼさないようにしていた雨桐は、卓子にそれを下ろしてホッとした様子を見せてから、魅音に笑顔を向けた。

「ございますね、そういうこと……。でも、魅音様からそんなお話、ちょっと意外です」

「私だってあるよ。もちろんきっと陛下にも、あのスカしてる昂宇にもね」

魅音は言って、朝食の残りを平らげたのだった。

その五　狐仙妃と宮女のしゃれこうべ

朝食を終え、魅音は立ち上がった。

「さてと。それじゃ、尚宮局に資料を取りに行ってきまーす」

「おおおお待ち下さいっ、お供しますからっ！」

すぐに一人で行動しようとする魅音を、あたふたと雨桐は止め、他の宮女に朝食の片づけを命じて急いでついてきた。

（妃、面倒くさっ！　あー、でも私も、翠蘭お嬢さんの外出には付き添うもんな。そういうものだと思おう）

立場が変わったのだから、と自らに言い聞かせる魅音である。

花鑑宮から尚宮局に向かう途中で、美しい庭園を通りかかった。

昔の高名な詩人が設計したという庭園で、池を囲む回廊を歩いていくと、緑の鮮やかな築山《つきやま》に風雅な四阿《あずまや》が建っているのが見える。どういった仕組みなのか、その脇の岩場に水が引き上げられ、小さな滝ができていた。さあああ、と水が落ちる音、きらきらと反射する陽光が、耳と目を楽しませてくれる。

「魅音！」

声がして振り向くと、池を挟んだ向こう側、美しく手入れされた樹木の陰で、天雪が小さく手を振っていた。二人の侍女が付き添っているところは、『嬪』の天雪と『婦』の魅音の違いだろうか。

「天雪！　お散歩？」

「そうなんです！　いいお天気ですから！」

そういった天雪は、一瞬だけ何か考える様子を見せたけれど、すぐに再び口を開いた。

「ねぇ魅音、私の宮に寄っていきませんか？」

「え、今から？」

「はい、来て下さい！」

魅音から見て左手の方を指さした天雪は、ふわふわと手を振ってから、弾むように歩き出した。侍女たちが後に続く。

天雪が向かう方には、瑠璃瓦の屋根が見えていた。

（あ、そういえばあそこが天雪の宮、角杯宮《かくはいきゅう》かぁ）

思った魅音は、雨桐を振り向いた。

「ちょっとだけ寄るわ。角杯宮も、かつては先帝の妃たちが使っていたわけでしょ。見ておきたい」

雨桐は心配そうに、眉をひそめる。

「そうですね、『嬪』のお妃様方がいらした宮ですが……魅音様、お気をつけ下さいね」

「あれ、心配してくれるの？」

「天雪様に被害が及ばないように気をつけて下さいね、という意味です」

「へーい」

そっちかーい、と魅音が思っていると、雨桐は微笑んだ。

「魅音様なら大丈夫だと、ご信頼申し上げておりますから」

「あらそう？　まあ当然ね！」

あっさりと納得し、魅音は胸を張って歩き出した。


角杯宮に入ると、縁起のいい犀角《さいかく》の杯《さかずき》が描かれた壁絵が魅音たちを迎えた。この宮の一角で、天雪は暮らしている。

案内されて天雪の部屋に入った瞬間、「うわ」と足が止まる。

部屋のあちこちに、犀や虎、熊の木彫りの像が置かれていたのだ。しかも、かなり大きい。一方で、ごてごてした装飾は一切なかった。

（でっかい動物に一瞬ビビっちゃった）

野狐だった頃の記憶もばっちり残っている魅音は、苦笑いしながら部屋を見回す。

「お、おー、大胆な部屋ね。でもすっきりしてる。動物、好きなの？」

天雪は「はい！」とニコニコしている。

「さあ、こちらへ。急にお誘いしてごめんなさい。魅音にはまだ、遊びに来てもらってなかったから。早くお呼びしたかったんだけど……」

何か言いかけて、天雪はちょっと後ろめたそうに視線を逸らす。

見ると、お茶の用意をしている数人の侍女の視線が、魅音たちをかすめていった。

袖の陰でクスッと笑って、天雪は魅音にだけ聞こえるようにささやく。

「魅音が陛下に名前をいただいたものだから、侍女たちがピリピリしているのです」

「あぁー」

数少ない妃のうち、誰が最も俊輝の寵愛を受けるのか、侍女たちは気になるらしい。よく、地位の高い者が気に入りの者に名を与えることがあるので、魅音は俊輝のお気に入りなのではないかと思ったのだろう。

（めんどくさ！）

とにかく、侍女らがそんな様子なので、天雪も魅音を誘いにくかったようだ。

「偶然会えたから『今だ！』って誘っちゃいました」

侍女が部屋を出ていくのを確認してから、彼女は聞く。

「魅音は、気になりますか？　そういう、競争？　とか」

「全然」

即答すると、天雪はコロコロと笑う。

「私も！　美朱様はもちろん、青霞とも魅音とも競争するつもりなんてありませんの。たぶん私、そんなに長くは後宮におりませんし。聞いてらっしゃいます？」

彼女自身、自分が体裁を整えるために送り込まれたことを理解しているらしい。

「うん、まあ、ちらっと聞いたけど。でももし、陛下が天雪をお気に召したらどうするの？」

「えー、うーん。想像できないですね。昔から、俊輝様……陛下はお兄様のお友達なので、私も顔見知りですし。妃にはなりましたけど、親戚みたいな感じなんです」

先帝を討つ時、天雪の兄の白将軍は、俊輝とともに立った。そして今は禁軍大将軍として、皇帝を支えている。

天雪は魅音に茶を勧め、自分も茶杯を手にしながら続けた。

「それに陛下の方こそ、おそらくそんなに長くは……」

「えっ」

魅音はぎょっとして、茶杯を取り落としそうになった。

(この文脈で「そんなに長くは」って？　そんなに長くは皇帝の地位にいないという意味⁉)

「ちょっと天雪、それって……？」

「あっ、ご病気とかではないですよ？　魅音は、お妃競争しないんですよね？　だから、伝えておこうと思っていて。あのね、お兄様がおっしゃってたんですわ」

天雪はますます、声を低める。

「陛下は、自分の他に、皇帝にしたいお方がおいでなのですって。その方が即位するまでに、国を立て直したいのだと」

「皇帝にしたい人……？　そう、白将軍がおっしゃったの？」

（その妹が聞いた話なら、信ぴょう性は高いわ。陛下は本当にそう言ったんでしょうね）

魅音はすんなり納得する。

「あー、なるほどねー。皇帝の座を近々お降りになるつもりだから、即位式も略式だし後宮も間に合わせなのね。ただのどケチであそばされたわけじゃなかったんだ」

「どケチであそばされ……！」

ツボに入ったのか、天雪は噴き出してしまった。笑いながら涙を拭《ふ》いている。

「もう、魅音ったら！」

「……ねぇ天雪。美朱妃には、言わない方がいいと思うわよ、このこと」

美朱には、俊輝のために後宮をまとめようという気概もあるし、戸部尚書によって送り込まれた妃なので、自分が間に合わせだなどとは露ほども思っていないはずだ。矜持を傷つけるようなことはしたくなかった。

笑いを収めた天雪は、うなずく。

「ええ、言いません。でも陛下は、妃たちのことは尊重するとおっしゃっていたそうですから、その時が来ても心配しないようにって、お兄様が」

「わかった、ありがとう。私は聞いておいてよかったわ」

俊輝には、妃たちの体面を守るつもりはあるのだろう。

（それこそ、仮病でもなんでも使って譲位すればいいわよね。って、私じゃないんだから）

思っていると、茶杯を置いた天雪が不意に両手を打ち合わせた。

「そうだわ魅音、遊びませんか？　私、面白い遊戯《ゲーム》を手に入れたの！」

立ち上がろうとする彼女を、魅音は片手を軽く上げて止める。

「ごめん天雪、この後に用事があって」

「まあ、残念」

「次はちゃんと約束して、たーっぷり遊びましょ」

魅音は立ち上がりながら、さりげなく続ける。

「そういえば、未《いま》だに後宮の怪異の噂が流れてるわね」

「ええ、色々と聞きますね」

「天雪は怖くない？」

「そうですね、私はそういうのがたぶん『見えない』んですわ。幼い頃から、鬼火ひとつ見たことがありませんし、変な気配を感じたこともないし」

天雪は、いわゆる霊感が全くないらしい。

「なるほど。この宮で、おかしなことが起こったりもしてない？」

「ちっとも。まあ、見えないのでわかりませんけれど、私は知りません」

（あれこれ起こってる割に、天雪の宮は無事ってことかしら。まあ、何もないに越したことはないけれど）

魅音は思いながらも、軽く念を押す。

「何か変だなって、ちょっとでも思ったら言ってよ？　美朱妃に相談してもいいし」

「わかりました。心配してくれてありがとう、魅音」

どこまでもほんわかした天雪であった。


尚宮局に行ってみると、すでに連絡が行っていたようで、書庫のような場所に案内された。区分けされた棚に、巻物になっている資料がぎっしり詰まっている。

「先帝時代の後宮の人の流れ、特に後宮から出たり亡くなったりした人について知りたいの」

欲しい資料を伝えて出してもらい、借りだす手続きをした魅音は、それを持って珊瑚宮へと向かった。巻物は、雨桐と二人でギリギリ持てる量である。

（これ全部、隅々まで目を通すとなると、かなり時間かかりそうだぁ）

書物を読むのは好きだが、こういうのはちょっと……とうんざりする魅音である。


珊瑚宮では、美朱が待っていた。

「ご苦労様。じゃあ、手分けして少しずつ見てみましょう」

「めちゃくちゃ量がありますよぉ」

「それはそうでしょう、先帝時代は妃も宮女も、とんでもない人数だったそうだから」

美朱はわかっていたようで、スッと巻物に手を伸ばして書名を確認し始めた。

「これとこれは、妃ひとりひとりの記録ね。それぞれの妃を担当した侍女と宦官が記したものだわ。

それと……こちらはまとめて時系列になってるわね。どの妃がいつ後宮に来ていつ出て行ったか、あるいは亡くなったか」

「私、宮女の記録を見てみます」

魅音は、一番気になっていた人事記録を開いた。珊瑚宮のものだ。

(伊褒妃の侍女だった人が、今の後宮に残っていないかな。詳しい話が聞けるかも)

伊褒妃が死んだ頃の記録を見ると、当時侍女だった数名の名前がわかった。一人は今も後宮に残っている。

「美朱様、この宮女に話を聞きたいので、ちょっと行ってきます」

「あら、ここに呼べばいいじゃない。私も聞きたいわ」

美朱はさらりと言った。自分で動きたがる魅音に対して、人を使うのに慣れている美朱である。

彼女は自分の宦官に、当時の侍女をここに呼ぶように命じた。対外的な業務を負う宦官は、了承してすぐに出ていく。

やがて、一人の宮女がおずおずとやってきた。両手を胸の前で重ねて頭を下げる。

「お、お呼びでしょうか」

「この鏡、見覚えはある?」

前置きなしで美朱がズバリと聞くと、宮女は目を見張った。

「……! その鏡は、伊褒様の!」

「あなた、伊褒妃の侍女だったそうね。やはりこれは伊褒妃のものなの? 間違いはない?」

「はい……」

宮女はうろたえながらも、はっきりとうなずく。

「背面の絵柄、伊褒様がお考えになって、注文したものなんです。この世に一つのもののはずです。だから……。でも、あの、どうしてここに……」

「いつの間にか珊瑚宮にあったのよ。伊褒妃の元侍女は、今は後宮にあなたしか残っていないようだけど、あなたが保管していて置きに来たわけではないのね？」

美朱は確認しただけだったのだが、宮女は目を見開いて真っ青になり――

――ガクガクと震え出した。

「わ、私、墓荒らしをしたと、疑われているのですか……？」

「え？」

魅音と美朱は顔を見合わせ、そして美朱が改めて尋ねる。

「もしかして、伊褒妃が亡くなった時、鏡は棺《ひつぎ》に入れたの？」

「そ、そうです。私が、この手で、入れました。伊褒様がとても気に入ってらした鏡で……伊褒様のように徳の高いお方ならきっと、神仙の国に迎え入れられるから、身の回りの物をお持ちになった方がいいと思って……でもその後は知りません、私は盗んでいません！」

「ありがとう。あなたを疑ってなどいないわ、どなたの鏡だったのか確認したかっただけ」

美朱がなだめる。

「でも、となると、誰かがお墓を暴《あば》いたかもしれないのね」

「はい……」

宮女は少し落ち着いたようだったが、しくしくと泣き出した。

「ひどい。あんな悲しい亡くなり方をしたのに、お墓まで……」

魅音は、吊り目の顔に可能な限りの、いたわりの表情を浮かべた。

「本当にひどいわね。後宮にあるってことは、関係者が後宮の中にいるかもしれないわ。しかるべき部署に報告して、盗んだ犯人を捕まえてもらいましょ。それまでは、色々調べてるってことがバレないように黙っていてね」

「は、はい。決して言いません。どうか、よろしくお願いいたします！」

宮女は真っ赤な目で頭を下げた。


仕事に戻る宮女を見送った後、魅音は美朱に尋ねた。

「後宮で亡くなったお妃たちは、どこに葬《ほうむ》られるんですか？」

「天昌から出て西の、ほど近いところに陵墓《りょうぼ》があるわ。伊褒妃もそこに埋葬されているはずよ」

「じゃあ、そこに行って鏡を手に入れた人がいる……」

（鏡には伊褒妃の怨念が憑いていたから、結界が張られる前じゃないと後宮には持ち込めない。さらに、後宮では鎮魂の儀式があったから、その時に後宮に鏡があったら怨霊は鎮められて、あそこまでの力はなかったはず。となると、持ち込まれたのは儀式の後で、結界が張られる前？　はは、私が後宮に来た頃だわ。私が持ち込んだんじゃないけどね！）

美朱が切れ長の目を彼女に向ける。

「お墓から盗んだ後、外で売らずに後宮に持ち込んだなら、お金が目的ではないということかしら。でも、お墓を暴いたりしたら呪われる、って恐れるのが普通よね」

「確かに。伊褒妃の死の理由を知っている者なら、なおさらです」

「理由と言えば、伊褒妃の怨霊が『女たちを救いたい』と言っていたのも気になっているのよね。伊褒妃の望みと、持ち込んだ人間の目的とは、関係があるのかしら」

しばらく考え込んでいた美朱だったが、結局、ため息をついた。

「想像ばかりではどうにもならないわね。とにかく、陵墓を誰かに確認させないと。他の妃の墓からも、怨霊の宿った品が盗まれたら困るし」

「そうですね。今は方術士が後宮に結界を張っているそうなので、怨霊付きの品が新たに後宮に入ることはないと思いますが、確認は必要です。よし、見てこようっと」

あっさりという魅音に、美朱は目を見開く。

「魅音が自分で？」

「あっ、いえ、誰かに行ってもらいますよぉ、もちろん！」

またもや自分で行くつもりで、うっかり口を滑らせた魅音である。

「じゃあそろそろ、失礼しますね」

腰を浮かせると、美朱が手を上げて止めた。

「待って、昼食は？　今日はここで食事していく約束だったでしょう」

彼女が侍女を呼ぶと、やがて料理が運ばれてきた。

「魅音の好きな卵、ちゃんと用意させたわよ」

先日、朝食を珊瑚宮で食べた時にゆで卵をねだったので、魅音の卵好きはバレている。

皿の上には、まるで鳥の巣のように丸く盛られた色鮮やかな野菜、そしてその真ん中に煮卵が載っていた。ただ煮ただけではないようで、煮汁の沁み方が不思議な模様になっている。

魅音はついつい、皿を手に取って捧げ持ち、顔を近づけた。

「何ですか、変わった模様！　んー、いい香り」

「私の実家ではよく出るの。卵をお茶と香草で煮たものよ。茹で卵の殻にヒビを入れた状態で煮ると、こんな模様がつくんですって。ああ、こっちの春巻きは、卵と肉ときくらげと……まあ色々ね。さぁ、どうぞ」

「いただきます！」

魅音は目をキラキラさせながら、煮卵をかじる。ぷりぷりした白身と、ほろっと崩れる黄身に、深みのある茶の味と香草の芳《かんば》しさがじんわりと沁みていく。

「美味しーい！」

「本当に美味しそうに食べるわね」

美朱が珍しく、ふふ、と笑う。いつもより少し幼く見える笑顔は、彼女がまだ十七歳であることを思い出させた。

「そうだわ、そんなに卵が好きなら、花籃宮で鶏を育てたらどう？　毎朝、産みたてが食べられるじゃない」

魅音は一瞬だけ箸を止めたけれど、すぐに食事を続けながら答える。

「うーん、私には育てられる気がしないし、今は宮女が少ないから、雨桐の仕事を増やしたら怒られちゃいます！」

（さすがに、飼ってもすぐに後宮を出ちゃうしね……）

寂しさがうっすらと、胸の奥を行き過ぎた。

「美朱様、他に気になる資料はありました？」

「今のところはないけれど、時間を見つけて目を通しておくわね」

「あっ、いえ、私がやります！　持って帰ります！」

魅音はあわてて申し出た。皇后のいない後宮で最高位にいる美朱は、儀式や行事などでこなさなくてはならない役割があり、そこそこ忙しい。

「私が見たいのよ。……魅音は必要な時、いつでもここに来ていいんですからね」

何やら頬を染めた美朱は、さりげない口調を装い、茶を一口飲んだのだった。


結局、皇帝家の陵墓には、丸一日かけて昂宇が行ってくれた。

「伊褒妃の棺の蓋だけ、動かされた形跡がありました。しかし、不思議なことに荒らされたふうではないというか、他のものには手をつけていないんですよ」

「鏡だけが盗み出されてたってこと？」

「はい。金になりそうなものは、他にもいくつかあったんですけどね」

犯人の目的は、やはり金ではないようだ。

魅音はつぶやく。

「……怨霊が憑いている品だけを、狙った……？」


さらに翌日、魅音は昂宇と一緒に外出した。

行き先は、後宮内にある墓地だ。宮女や宦官のうち身寄りのない者が埋葬されており、『宮人斜《きゅうじんしゃ》』と呼ばれている。先帝時代に死んだ者も埋葬されているため、念のために見に来たのだ。

照帝国では、風水《ふうすい》の考え方で墓地の場所を決める。死者が相応しい場所に埋葬されれば、生きている人々にもいい影響がある、とされていた。とはいえ墓地なので、あまり目につかずひっそりした場所が選ばれる。

宮人斜も、何代も前に廃墟《はいきょ》になった殿舎に囲まれた、寂しい場所だ。すでに春を迎えているにもかかわらず、割れた土の隙間から覗く雑草だけが緑を添え、花の一輪も見当たらなかった。

「荒らされた様子はないようね」

ぐるりと歩きながら魅音が見回すと、昂宇もうなずいた。

「先帝時代に亡くなった者の墓も無事のようです。さすがに宮人斜までは儀式で祓い清めていませんので、ごく普通に弔われて埋葬されている状態ですが、異常はなさそうですね。荒らされていたとしても、何が持ち出されたかは知りようがありませんが」

「鬼火くらいは出るかもだけど、害は……ん？」

魅音は、ふと一点に目を止めた。

「あそこ、崩れちゃってる」

奥まった場所にある、ずいぶんと古い墓だ。荒らされたというより、風雨や乾湿に晒《さら》されて地面が割れてしまったらしい。

近づいてみると、棺桶《かんおけ》も傷んで蓋が割れ、中から人骨がのぞいていた。

「昂宇、こういうのを直すのも方術士の仕事？」

「そうですね、方術士もやります。報告しておきます」

「よろしくー。……あら」

魅音はふと、棺桶を覗き込んだ。

「どうしたんです？」

「何か、話しかけられた気がして」

「魅音は今、霊力を感じる力はないのでは？」

「全然ないわけじゃないよ。普通の人間で霊感が弱い人、程度かな。一品から九品まであるとしたら、だいぶ下の……八くらいね」

魅音は品階に例えてみせる。

ちなみに品階が九つに分かれているのは、照帝国では九が縁起のいい数字とされているからなので、霊力だの幽鬼だのの話を墓場でしている時に持ち出す感覚は、少々独特である。

「そんな私でもさすがに、むき出しの人骨を目にすればわかることもあるの。ちょっと失礼」

両手を伸ばして、魅音は丁寧《ていねい》にしゃれこうべを取り出した。うっすら茶褐色《ちゃかっしょく》で、一部黒ずんでいるそれは、お世辞にも美しいとは言えない。

昂宇が目を剥《む》く。

「何してるんですか？」

「しゃれこうべにはね、人の魂の欠片《かけら》が残っているの。怨念っていう意味じゃなくて、これは誰にでもあるのよ。話しかけられた気がしたってことは、この人に何か訴えたいことがあるんじゃない？」

魅音は目を閉じ、しゃれこうべと額を合わせた。

「この人は、うんと昔に死んだ宮女ね。父親が罪を犯し、母親が宮女として働かされることになって後宮に来た。その母親のお腹にいたこの人は、後宮内で生まれた………」

そのまま、魅音はじっとしている。

「………あの。僕は先に戻って」

昂宇が何か言いかけた時。

キン、と、耳鳴りのようなものを感じ、魅音と昂宇は同時に顔を上げた。

「昂宇、今の何？」

「結界です。何か引っかかった！」

「え、どこ⁉」

そのまま立ち上がりかけた魅音はあわてて墓にしゃれこうべを戻し、改めて立ち上がる。

「西門です！」

前に魅音が引っかかったのと同じ門だ。昂宇が先に駆け出す。

「また魅音みたいな変な妖怪が出たのか⁉」

「変な妖怪呼ばわりはやめてくれる⁉」

魅音も後に続いた。


後宮は高く厚い壁に囲まれており、外のぐるりをさらに水濠が囲っている。開いた西門から見えたのは、水濠に渡された橋の上にひっくり返った、一人の男だった。もし、門から中に入ろうとする男をこちら側から強く突き飛ばしたら、あんなふうにひっくり返るだろうか。一人では立ち上がれないらしく、屈み込んだ門卒《もんばん》が何か話しかけている。

そしてその手前、門のすぐ外に、平べったい箱が落ちていた。椅子の座面より一回り大きいくらいのその箱には、青白い紐が絡みついている。

「結界に引っかかったのは、あの箱の中身みたいね」

魅音の言葉に、昂宇がうなずく。

「事情を聞いてみましょう」

魅音は霊牌を部屋に置いてきているので、門の内側に残り、男に近づく昂宇を見守った。

男はどこぞの役夫《えきふ》といった風体《ふうてい》で、腰を押さえて「うう、痛た」と呻《うめ》いている。

「どうしました？　この人は？」

昂宇が声をかけると、門卒が顔を上げた。

「骨董屋《こっとうや》で働いている者だそうです」

「骨董屋？」

「届け物に来たというので、中に入って内侍《ないし》省の者に渡せと言ったんですが……門を入ろうとしたとたんに急にひっくり返って、動けないようで」

「だ、大丈夫です、だいぶ痛みが引いてきました」

男は腰に手を当てながら、ヨロヨロと立ち上がる。門卒は軽くため息をついて、門の見張りに戻った。代わりに昂宇が聞く。

「届け物とは、あの箱か？　中身は？」

「へ、変なもんじゃありません！　刺繍入りの、団扇《うちわ》です」

男は顔を歪めながらも説明する。

「いきなり箱ごと、俺の手の中で跳ねたと思ったら、俺はこう、何かに弾き飛ばされたみたいになって……いったい、何が」

荷物が結界に引っかかった時に、あおりを食らったらしい。彼には霊力の紐は見えていないようだ。

（妖怪もしくは怨霊つきの団扇か）

昂宇は思いながら、質問した。

「これは、誰宛に持ってきたものだ？」

「店主からは、淑妃《しゅくひ》様にお届けするように言われましたが」

（え？）

淑妃というのは四夫人の称号のひとつだが、四夫人は現在、賢妃の美朱しかいない。先帝の淑妃が暮らしていた琥珀宮《こはくきゅう》も空っぽだ。

（まさかとは思うが、先代の淑妃が注文していた品が今頃届いたとか……）

いぶかしみながら、昂宇はさらに質問する。

「誰が注文した？」

「すみません、淑妃様の宮にとしか私は聞いていないもんで」

「注文があったのはいつか、わかるか？」

「ええと、確か四月の――」

男がひと月ほど前の日付を言う。

（ついこの間じゃないか。僕が結界を張ってから後、魅音が引っかかるより前……というところかな）

「仕入れて、しばらくして買い手がついて……でも刺繍がほつれているところがあったので、店主が『直してからお届けします』と言ったようです。お支払いも済んでおります」

男の説明に、昂宇はうなずく。

「そ、そうか、支払い済みなんだな。では、私が預かろう」

「あぁよかった、そうしていただけると！」

あからさまに胸を撫で下ろす彼に、昂宇は尋ねた。

「何かあったのか？　あの箱、少し奇妙な雰囲気があるが」

「あっ、官吏様はそういうことに鋭い方でいらっしゃるんで⁉」

男は、勢い込んで説明する。

「そうなんですよ、夜になると、この団扇から変な歌声みたいなものが聞こえて、気味が悪くて。さっさと手放したかったんです」

「……詳しい話を聞きたい。店主にもだ。後で店の方に行くから、よろしく頼む」

昂宇が言うと、男は「えっ」といぶかしげにしつつも「かしこまりました」と答え、腰を押さえながらよたよたと帰って行った。

（いったい、誰が……）


すでに紐によって縛《いまし》められているせいか、昂宇が箱を拾い上げても、弾き飛ばされることはなかった。彼は結界に隙間を開け、荷物を運び入れる。

待ちかまえていた魅音が駆け寄った。

「妖怪憑きの団扇なのね？　いったん、花籃宮に運びましょ」

二人が花籃宮に戻ると、何も知らない雨桐が「何ですか、この荷物？」と不思議そうに出迎える。

昂宇は箱を卓子の上に置き、蓋を開いた。蓋はごく普通に紐をすり抜け、外すことができた。

箱の中央に、団扇がひとつ収まっている。丸い木枠には真っ白な絹地が張られ、美しい女仙《じょせん》が一人、蓮《はす》の花とともに刺繍されていた。持ち手には凝《こ》った編みの房飾りもついているが、まだ青白い紐が絡みついているのが、どこか間が抜けている。

「ねぇ昂宇。もしあなたが結界を張っていなかったら、どうなってたと思う？」

魅音が聞くと、昂宇は箱ごと団扇を矯《た》めつ眇《すが》めつしながら答えた。

「そうですね……品自体はいいもののようですし、金も支払われています。何事もなければ琥珀宮に運ばれて、ひとまず飾られたかもしれませんね。いつか、どなたかが淑妃としておいでになった時のために」

「そして、後宮内で怪異を起こしたかも？」

「ですね。さすがにこの状況で、こういったものが届いて、何もないって方が不自然ですよ」

「そうよね」

魅音は嬉《うれ》しそうに両手を合わせる。

「ふっふっふ、いよいよ団扇を注文したのが誰なのか、手がかりがつかめそうじゃない？」

「そうですね。ひとまず『縛』はかけたままにしておいて、さっそく骨董屋に行って話を聞いてきます」

昂宇の言葉に被せ気味に、身を乗り出した魅音が言った。

「私も行く！」

「魅音も？」

「また変な品があったら困るじゃない。昂宇一人じゃ心配だもん」

「そ、それはどうも……しかし、後宮を出て？」

「出なきゃ行けないでしょうが。逃げないってことはもうわかってるでしょ？」

「ですが、『翠蘭妃』が後宮から出るところを宮女や宦官たちに見られると、いったい何をしているのかと怪しまれるような……さすがに顔を覚えている人もそれなりにいますよ。かといって、狐を連れて行くのも」

あわてる昂宇に、魅音は「あ」と軽く手を打ち合わせる。

「ちょうどいいわ。しゃれこうべさんの出番だ」

「……誰の出番ですって？」


何と、魅音はさっさと宮人斜まで戻って、さっきのしゃれこうべを花籃宮まで持ってきてしまった。

「持ってきますかね、普通」

呆れる昂宇だが、魅音がしようとしている何かを見守る構えである。

「しゃれこうべの持ち主さんに許可をもらったので、姿を借りまーす」

魅音はひょいっと、しゃれこうべを頭に載せた。なかなかシュールな光景である。

彼女は、右手と左手を胸の前で交差させ、それぞれ人差し指と小指を立てた。そして、唱える。

「北斗星君の名の下に。我が身よ、この者の姿を映せ！」

ふわっ、と魅音の全身が光り、光が収まった時――

――そこには、垂れ気味の目におちょぼ口の、見たことのない娘が立っていた。頭の両脇で輪にした髪型や、襦裙の腰帯を結ぶ位置が、少々古風である。

「うわっ」

昂宇が驚いて、一瞬身を引く。

「……こ、これが、しゃれこうべの持ち主の姿……？」

「そうそう」

彼女は得意げに、頬に手を添えてポーズをとる。

「人間のしゃれこうべには魂のカケラが残っているから、生前の面影《おもかげ》を私の顔に映させてもらった感じね。体格は変えられないんだけど」

「ちょうどいい、とか言ってたのは？」

「いや、この人がね」

魅音は頭からしゃれこうべを下ろした。

「罪人の子として後宮で生まれ育って、外に出たことがない。一度くらい出てみたかった、心残りだっていうからさ。せっかくだから、願いを叶えてあげてもいいんじゃないかと思って」

「ぶ、不気味じゃないんですか？　そんな、しゃれこうべを頭に」

「あなたのここにもあるのに、何言ってんの」

魅音は人差し指でトーンッと昂宇の額をはじく。

「うっ」

返す言葉がない昂宇に、魅音はクスクスと笑った。

「はい、とにかく、今日の私はいいとこのお屋敷で働いている下女ってことで。まあ、本来の魅音みたいな?」

魅音はしゃれこうべを、丁寧に飾り棚に置く。

「雨桐、これよろしくね」

「よ、よろしくとおっしゃられましても、どうよろしくすれば」

さっきから気味悪そうに距離を置いている雨桐は、戸惑うばかりだ。

そんな彼女には構わず、魅音は勢いよく昂宇に向き直った。

「では、出発!」


俊輝の命によって、昂宇は彼の部署から令牌を与えられていた。白い玉《ぎょく》製で印が彫られており、手のひらに収まる大きさの札である。

これを持っていると公務で行動している証《あかし》になり、公務のためなら後宮の誰かを同伴することも可能だった。

令牌を門卒に見せ、魅音と昂宇は後宮東門から外廷へ出た。さらに皇城の南門を出る。

天昌の都は凹の字形をしており、凹のへこんでいる部分が皇城だ。皇城の南門から南北に大路が貫いており、その両側に碁盤《ごばん》の目のように町が広がっていた。それぞれの中心部に、大きな市場が開かれている。

通りに沿って二階・三階建ての店がずらりと並び、街路には大勢の人々と荷車、馬車が行き交っていた。服装や人種も様々だ。

喧騒《けんそう》に包まれながら、昂宇は何やらげっそりしている。

「久しぶりに都に出るとクラクラします。普段は皇城内の寮と太常寺の往復ですし、今は後宮にいることが多いし」

「すごい人。前はもっと小さな町だったのに、ずいぶん賑やかになったのね」

チラチラとあたりを見ながら歩く魅音は、足取りが軽く弾んでいる。そんな彼女を横目に、昂宇が聞いた。

「来たことがあるんですか?」

「そりゃあるよ、二百年も生きてれば。都に狐仙堂もあるのよ、知ってる?」

「そりゃ知ってますよ、太常寺で働いていれば。他にも、様々な神仙のお堂が都のあちらこちらにあります」

会話が掛け合いのようになる。

「僕の祖父も、神仙に祈ったおかげで願いが叶ったことがある、なんて話をしてました」

「へぇ。何を願ったんだろう」

「それは教えてくれませんでしたが、叶えてもらったので調子に乗ってしまって、痛い目にも遭ったと言っていましたよ」

（ん？　……ひょっとして）

魅音は横目でチラリと、昂宇の顔を見つめた。

少々キツそうだが賢そうな目元、通った鼻筋、薄い唇。

整った顔立ちだとは思っていたけれど、間近でよくよく見ると、初めて出会った時の王暁博に似ていなくもない。

「ねぇ、昂宇って、姓は何だっけ」

「『南《なん》』ですが、なぜです？」

（王暁博の子孫かと思ったけど、違ったかな？　私ではない神仙に、何か叶えてもらったのかもしれない）

魅音は思いながら、さらりと続けた。

「ううん、そのおじいさんの家が昂宇まで続いててよかったなと思っただけ。痛い目に遭ったとか言うから、もしかして神仙の怒りに触れて大変なことになったのかと思って」

「そこまでではなかったようですね。でも、その件で目が覚めた、教訓になったと言っていました。『自分は人を支配しようとしていた。しかも自分の力ではなく、神仙の力で。人と人との繋がりは自分で作っていかなくてはいけないのに』……と。だから、陛下が魅音に手伝わせると言い出した時、神仙の威《い》を借りて失敗してはいけない、と思って警戒したんですよ。魅音の力がポンコツだったのでホッとしましたが」

「流れるように下げる奴がいる。このままお嬢さんのとこ帰っていい？」

「うっ。すみません失言でした魅音の力が必要です」

当初に比べ、昂宇も魅音の力がわかってきているからか、素直に謝る。

「よしよし。……じゃあ、昂宇のおじいさんはその後、まっとうな人生を歩んだのね」

「ええ。一族の中興《ちゅうこう》の祖《そ》と呼ばれるまでになりました」

「それは何より」

答えながら、魅音は考えを巡らせた。

(王暁博は、どうしたかしら。『王』はよくある姓だけど陛下と同じだし、陛下に何かの折に聞いてみようかな)

ふと横を見ると、昂宇はごく普通に魅音と並んで歩いている。

「そういえば昂宇、この姿の私は平気なの？」

「え？」

「外見、魅音とはまた違う女ですけど」

「生者《せいじゃ》じゃないじゃないですか」

「まあね。……ねぇ、やっぱり気になるな。どうして女が苦手なの？　教えてくれれば、何か私にできることがあるかもしれないよ」

顔を覗き込むようにして聞くと、昂宇は歩き続けながらも、しばし黙り込む。

そして、考え考え、口を開いた。

「……あえて言えば、信仰する女神に嫌われないようにしているうちに自然と……ですかね。十年以上前からなので、気にしないで下さい」

「よ、よほど嫉妬《しっと》深い女神なのね」

どの女神だろう、と考えているうちに、東市場が見えてきた。


骨董屋は、東市場にほど近い路地にあった。なかなか広い店だったが、所狭しと骨董品が並んでいるため狭苦しく、窓や入口からの外光も遮《さえぎ》られて薄暗い。

「失礼」

「いらっしゃいませ。ああ、術士様！」

昨日、団扇を持ってきた男が、両手を胸の前で重ねて頭を下げる。あまり身体を曲げられない様子なのは、もしかしたらまだ腰が痛いのかもしれない。

「少々お待ち下さい。ご主人様！　術士様がいらっしゃいました！」

彼は一度奥に引っ込み、やがて腰の曲がった白髪の老人を支えながら出てきた。この老人が店主だ。

魅音と昂宇は、揃って挨拶をする。

昂宇が口を開いた。

「今日は、女仙と蓮の花が刺繍された団扇について伺いたいのだが」

「あ？　何とおっしゃいました？」

主人はだいぶ耳が遠くなっているようで、聞き返す。

役夫も交えてやりとりをした結果、団扇を注文した客について、こんな様子がわかってきた。

「わしが一人でいる時に、あの客が来たんでございます。官服姿で、若かったですなぁ」

「官服。男でしょうか？」

「どうでしょうなぁ。背はあなた様よりは低かったか……声は割と高かったような」

皇城に勤める男性が一般的に着る官服は、裾の長い喉元が詰まった上着、下に袴《ズボン》をはいて靴《ブーツ》という形だ。声が高いといわれると、女性が変装していたのかもしれないが、男でも声の高い者はいるし、男性機能を失っている宦官も比較的声は高い。昂宇より背が低いと言われても、昂宇はひょろっとしてはいるものの男性の中でも高身長な方なので、これだけでは性別は絞り込めない。

（この薄暗いお店の中じゃ、ご老人じゃなくても顔は覚えてなかったかもね）

魅音は思いながら、今度は団扇のことを尋ねてみることにした。

「ご主人、あの女仙の団扇は、どこで手に入れたものなんですか？」

蝶の耳飾りや螺鈿の鏡の例からいって、おそらく団扇もかつては後宮にあったものではないかと、彼女は予想していた。どのようにしてこの店に入荷されてきたのか。

「あれはですなぁ、あー、ほら、子威《しい》のとこ……」

「えっ、ご主人様、またあいつから仕入れたんですか？」

男は軽く目を見張り、そして後ろめたそうに魅音と昂宇を見る。

「珍しい品を仕入れては、売りつけてくる奴がいるんです。あっ、いや、盗品とかではないと思うんですけれど……品はいいのに、ちょっと出所が曖昧で」

出所が曖昧なら盗品かもしれないわけだが、彼も目をつぶっているのかもしれない。

昴宇はあえて突っ込むことはせず、

「その子威という人物、紹介して下さい」

と言った。


子威というのは、天昌の外れで一人暮らしをしている中年男だった。一見普通の民家に暮らしているが、一歩中に入ると骨董屋と同じくらいモノが溢れている。

今度は魅音が前に出て、骨董屋で紹介されて来たと話した。

「ここで珍しい品を扱ってると聞いたの。うちの奥様が、人が持っていないような品が欲しいっていうのよ」

「おお、それならきっと何か見つかるよ、見てってくれ」

子威は得意げに、魅音と昴宇を家の一角に案内した。

「このあたり、ご婦人は好みなんじゃないか？　最近仕入れたんだ！　他じゃあちょっと手に入らないと思うぜ」

「言うじゃないの。どれどれ？」

棚に並べられた小物類や、土間に置かれた家具は、こんな家に似つかわしくないほど高級そうだ。状態もいい。

「へぇ、なかなかいいわね。ゆっくり見させてもらうわ」

感心した魅音は、子威を振り向いた。

「奥様だけじゃなくて、うちの旦那様のお気に召すものもありそうね。そこにいる男に、何か他にもおすすめがあったら見せてやってくれない？」

昂宇はギョッと目を剥いた。まるで彼を下男扱いである。

しかし、彼はすぐに気がついた。

（子威の目を逸らして、何かやりたいんだな）

「あっ。あそこにある掛け軸は何だ？」

いきなり振り向いた昂宇は背後を指さすと、そちらに向かって歩き出した。

「近くで見たい。ずいぶん高いところにかかってるぞ、下ろしてくれ」

「わかったわかった、ちょっと待て」

子威が昂宇についていく。

二人が離れたのを見計らって、魅音はもう一度、高級な品物が並ぶあたりに向き直った。

彼女の目が光り、頭にふわふわの耳が飛び出す。ふわっ、と霊力が溢れる。

（私の霊力を、少しだけど分け与えてあげるわ。もしこの中に妖怪や怨霊がいたら、霊力欲しさに姿を現すはず……）

その瞬間、脚つきの青磁《せいじ》の香炉《こうろ》と、凝った意匠の硯《すずり》が、カタカタと震えだした。二つの品の周りに青黒い靄が湧き出し、やがてゆらりと宙に浮かぶ。

魅音は両手を伸ばすと、ガッ、とその二つを上から抑えつけるように掴んだ。

（暴れるでない。どちらの力が上か、わかるだろう？）

細い悲鳴のような声が何重にも重なって聞こえたが、やがて静かになる。

「……店主さん、ちょっと」

魅音が呼ぶと、男たちは二人とも戻ってきた。

にっこり微笑んで、魅音は言う。

「こっちの香炉、いただこうと思って」

「おっ、お目が高いねぇ」

子威は、悪そうな表情で声を潜《ひそ》めた。

「実はさ、このへんの品は全部、後宮で使われていた由緒《ゆいしょ》ある品なんだ」

「後宮？」

何も知らない体《てい》で魅音が聞くと、彼は得意げにうなずく。

「先帝の後宮が解散になった後、結構な数の品が流れてきたんだよ。それを見逃す俺サマではない、ってわけさ。ああ、その香炉の値段は……」

「先に言っておくけど、内側が汚れてるからまけてね」

「おおう。ま、いいだろう」

子威は苦笑いして、値段を言った。魅音はうなる。

「うーん……迷うところね。あ、こっちの硯も一緒に買うといったら？　二つでこれでどう？」

指で値段を示すと、子威は笑い出した。

「おいおい、こっちも商売なんだから勘弁してくれよ。しかし……ま、これくらいなら」

新たな値段が提示される。

魅音はうなずいた。

「仕方ないわねぇ。それで手を打つわ」

「ははは、しっかりしてらぁ。どうりで、おたくの奥様があんたに買い物を任せるわけだ」

「うふふ、それほどでも」

商談が成立した二人は、握手を交わす。魅音はニコニコしながら、昂宇を見た。

「昂宇、支払って」

「僕ですか⁉」


少々モメた末、結局昂宇が支払いをして、二人は香炉と硯を手に入れた。

「後宮に持ち帰るんですよね？　その前に祓い清めた方が」

店を出て歩きながら、昂宇が言う。しかし、魅音は首を横に振った。

「それはいいから、後宮に着いたら結界に隙間を開けてよ。団扇だってそのまま持ち込んだでしょ」

「あれは『縛』をかけてあるし、何か情報が取れるかもしれないと思ったから……」

「香炉と硯は私が威嚇したから、悪さはしないよ。二つとも付喪神《つくもがみ》みたい」

人間が長いこと使い続けた道具には、様々な念が宿って魂を持ち、妖怪になることがあった。それが付喪神である。

「大した力は持っていないし、無害そうだし、別にわざわざ祓わなくても存在してたっていいじゃない。団扇を手に入れた奴が気づかなくてよかった、こっちで保護しておこう」

後宮の花籃宮に戻ると、雨桐が「お帰りなさいませ」と迎えてくれる。

部屋に入ってみると、飾り棚に置かれたしゃれこうべの両脇に、線香と菓子が供えてあった。雨桐が気を使ったらしい。

「そ、そろそろこちらのお方、お帰り願いたいのですが」

可哀想に、雨桐はずっとびくびくしていたようだ。

「うん、もう帰してあげないとね。あ、雨桐、これ」

魅音は香炉と硯の入った布包みを渡す。

「何ですか?」

「付喪神」

「ひっ」

雨桐はぎょっとしたものの、あわてて取り落とすようなことはせず、「寝室に置きますから!」と恐る恐る持って行った。

魅音は再びしゃれこうべを頭に載せると、胸の前で指を立てて手を交差させる仕草をした。彼女の姿が淡く光る。

次の一瞬。

昴宇の目の前に、さっきまで魅音がその姿を借りていた、宮女の幽鬼が現れた。

垂れ目でおちょぼ口の彼女は、胸の前で両手を重ね、頭を深々と下げた。そして、嬉しそうににっこりと微笑み――

――ふっ、と光の塊になって、しゃれこうべに吸い込まれていった。

魅音が目を開き、頭からしゃれこうべを下ろして胸に抱える。

「ふふ、よかった。死者の役に立てることなんて、なかなかないから。だって、もう死んじゃってるんだもん」

「ああ……そういうものかもしれませんね。後悔が残って……」

「うん。だから私、神仙になったら、困っている人が生きているうちに何とかできるよう助けたいと思ってるんだ。さて、ちょっと宮人斜まで送り届けてきまーす」

「はい」

昴宇はうなずき、そして一言、魅音の手の中の死者に語りかける。

「なるべく早く、あなたの墓、直しますので」

魅音は「ふふ」と笑うと、被巾《ショール》で彼女をくるりと包み、外へ出て行った。


翌日、魅音は花籃宮に青霞を呼んだ。

持ち帰った香炉と硯、そして団扇を見せる。

「天昌の骨董屋で見つかったものらしいんだけど、見覚えある？」

「あーっ、この香炉と硯、両方とも方勝宮《ほうしょうきゅう》で使われてたものよ。処分したはずなのに！」

青霞は呆れた様子だ。方勝宮というのは、青霞が今暮らしている宮で、天雪の角杯宮と同じく『嬪』が暮らす宮である。

「あと、こっちの団扇も見覚えがある。妃のどなたかがお使いになってたものだわ。まったくもう、縁起が悪いから処分してるのに、戻って来ちゃったら意味がないじゃないの！　そういうふうにならないように、どうにかできないかしら。ちょっと、今の尚寝と話し合ってくる」

彼女はちゃっちゃと立ち上がると、外に出て行った。付き添いの宮女が慌ててついていく。妃になった今も、青霞は仕事脳らしい。

（口出しされた後任が、うっとおしがらないといいんだけど）

魅音は苦笑する。

そこへ、昂宇が近寄って来た。青霞とその侍女が、というか魅音以外の女性が来ている時は、やはり下がっている（つまり逃げている）彼である。

「魅音。この団扇の妖怪からも、話を聞いたりはできるでしょうか？」

昂宇が聞くと、魅音は「うーん」と首を傾げた。

「呼び出してみないとわからないなぁ」

「呼び出す？」

「試してみようか。団扇に憑いている妖怪には悪いけど。昂宇、伊褒妃の時みたいに、何かあったら抑えてね」

彼女は、棚に置かれた団扇を見つめ、スッと身体を屈める。

たちまち光に溶けるようにして、魅音は白狐の姿になった。そして、いきなり歯を剥き出し、団扇をカーッと威嚇した。目が赤く光っている。

「ひっ」

雨桐が部屋の隅で身体をすくませる。

不意に、カタカタカタ……と何かが振動する音がした。

香炉と硯だ。卓子の表面で、震えるように細かく動いている。

その直後──

──団扇の女仙が、いきなり身体をよじらせ始めた。キィイイィ、オォォ……という叫び声とも泣き声ともつかない声を発し、そしてついにその手が絹地から突き抜け、魅音につかみかかろうとしてくる。

グアオッ、と魅音が再び声を上げると、ビクッ、と女仙は怯えて手を引いた。

昂宇が霊符を取り出し『磔』を唱えると、ゆらゆらと手は元に戻った。すると、香炉と硯も勝手に静かになった。

「ありがとう、昂宇。……ちょっと、会話は無理だった。この団扇に憑いているのは、そこまで高位の妖怪じゃないみたい」

人の姿に戻った魅音に、昂宇が聞く。

「何をしたんです?」

「いつもならやらないからね、こういうこと」

そう魅音は断りを入れてから、説明する。

「この団扇の女仙が起こす怪異は、歌うくらいのものだったでしょ。霊力は、強い弱いで言ったら弱い。半分眠ってるような状態にも感じた。もし誰にも買われず、店の倉庫か何かで過ごしていれば、いずれは消えてしまったかも。そこをあえて、強い霊力を思い切り浴びせて目覚めさせたの」

「強い霊力を感じると、妖怪は目覚めるのか……」

「そう。基本的に、妖怪は霊力に引かれるからね、力が欲しくて。この団扇も、目覚めさせたうえで霊力をずーっと与えていれば、強い妖怪になったかもしれない。でも、もう太常寺で眠らせてあげて」

「わかりました。……今のように怪異の起こりがちな後宮だと、近くに強い霊力を持った者がいる可能性がある。この団扇を琥珀宮に置いていたら、いずれは騒ぎになったかもしれませんね。そして相乗効果で、次々と……」

昂宇は一度、言葉を切る
そして、魅音を見た。

「蝶の耳飾りはともかく、螺鈿の鏡と女仙の団扇については、意図的だ」

「うん。一度は祓い清められた後宮に妖怪憑きの品を持ち込み、再び騒ぎを起こそうとしている者がいるんだわ」

魅音は珍しく、少し不機嫌そうな顔でつぶやいた。

「可哀想に。悪さをしない者まで、無理やり目覚めさせるなんて」

「……団扇も、注文して取り寄せて、後宮内で暴れさせるつもりだったわけですね。結界で持ち込めないとは思わなかったようですが」

そう言った昂宇は、首をひねる。

「だとしたら、そんな強い霊力を持った人間が後宮にいることに……？」

「ああ、人間に霊力がなくてもいいのよ。強い霊力を発する品さえ持っていれば、同じことが起こるでしょうね」

魅音が言うと、不意に部屋の隅にいた雨桐が顔を上げた。

「品物が、他の妖怪を目覚めさせる……？」

「そう。長生きな妖怪憑きの品とか、あるいは神仙が作った品とかは霊力が強いわね。何か、気になるものでもあった？」

質問された雨桐は、すぐに首を横に振る。

「いえ……ただ、後宮には物が溢れておりますので、何か紛れ込んでいても気づけないと思いまして。少々、心配になって参りました。この、花籃宮の中だけでも、おかしなものがないか見回っておくことにいたします」

雨桐が部屋を出て行く。

昂宇が腕組みをした。

「しかし結局、団扇を買った者もわかりませんでしたし、困りましたね。その、強い霊力を持っている者、あるいは強い霊力を宿した何かを持っている者を、どうやって突き止めればいいのか」

「あーもう。時間がかかりそうでいやだなとは思ってたけど、予想よりももっと時間がかかりそう。早く帰りたいのに」

ため息をつく魅音を、昂宇がジッと見つめる。

「……何？」

「いえ……そんなに、県令の家に帰りたいのだなと」

「最初からそう言ってるじゃない」

「魅音のような、狐仙ほどの存在がそんなに執着するほど、素晴らしい家なんですか？」

まるで怪しむように昂宇は聞いたが、魅音は笑って答える。

「翠蘭お嬢さんが勉強熱心だから、私も一緒に学べるのよ。老師《せんせい》も、女だからって手加減しないところがいいの」

「勉強なんて、ここでだってできるじゃないですか。都ですよ？　魅音が望めば、陛下がいくらでも優秀な老師を手配して下さる」

「それはそうかもしれないけど……私、あの家の人たちが好きみたい。お嬢さんも私を待ってるし、嫌いな卵が食べられなくて困ってるわ。私は卵が大好きだから、代わりに食べてあげるの」

するると、なぜか昂宇は食い下がる。

「じゃあ、陶翠蘭をこっちに呼んだらどうです？　後宮が恐ろしいところだと思いこんでいるんでしょう？　実際のところを魅音が教えてやれば、望む勉強は魅音と一緒にできるし陛下は大事にして下さるだろうし、妃になれて光栄なことで」

「昂宇ってば」

思わず、魅音は彼の言葉を遮った。

「そんな、私をこっちにずっといさせようとしなくても、ちゃんと解決してから帰るわよ」

視線を落とし、昂宇は黙り込む。魅音は首を傾げた。

「どうしたの？　疲れてる？　あ、情緒不安定には卵が効くらしいよ」

彼は視線を上げないままつぶやいた。

「……いえ、すみません。そうですね、調査は進展してるんですし、ちゃんと解決するでしょう」

「うん。何かきっかけがあれば、一気に全貌《ぜんぼう》が見えそうな気がするんだ」

魅音は軽く、昂宇の背中を叩いた。

「頑張りましょ」

「…………」

昂宇は黙ってうなずいた。

そして、ため息をひとつつくと、視線を窓の方へと向ける。

「さてと。僕は、太常寺の仕事を片づけてきます。また明日来ます、おやすみなさい」

「あ、うん……おやすみ」

魅音は首を傾げつつ、昂宇を見送った。

その夜、魅音はなかなか寝付けずにいた。

(今日の昂宇、ちょっと変だったな。言いたいことがあるのに言えない、みたいな感じだった。……私がこの件を解決できなそうだって、疑ってるわけ？　ひどっ)

さすがにそれは納得がいかない魅音である。

(これでも狐仙だったころは、人間の願いを色々と叶えてあげたんだからね。……そりゃ、まあ、失敗したことだってあるけど)

またもや彼女の中に、しくじった時の記憶が蘇った。


名家に生まれた兄弟の、後継者になる予定の兄・王暁博。彼は、弟にその座を狙われていると訴えてきた。

魅音は彼を助けることにした。最初は、兄に後継者の才能があるところを見せつけ、次は弟夫婦が喧嘩するように仕向けた。

しかし、さらに兄は、弟に協力する者を呪ってくれと言い出したのだ。呪うことなどしないと断った魅音だったが、兄は「呪いに見せかけられればそれでいい」と言い張る。

気は進まなかったが、弟とその取り巻きが宴を開いている時に、魅音はいたずらをしかけた。といっても、風もない中で灯りを消し、低くかすれた声で歌を歌っただけだ。

しかし、彼らは怯えた。

「何かいる！　まさか、狐仙が」

「お前の兄に反抗すると呪われる！」

「噂は本当だったんだ、恐ろしい……！」

彼らはすぐに、宴を開いていた弟の部屋から飛び出していった。

魅音はそれを見届けてから、自分の部屋で待っていた兄のところへ行き、報告する。

『呪いに見えることをやってきたわよ。でも……ねぇ、あなた、何かしたんじゃないの？』

すると兄は、楽しそうに笑い出した。

「ざまぁみろ！　これで本当に、狐仙が俺の味方についてるってわかっただろう！」

『……何ですって？』

思わず魅音は聞き返した。

『私がしていることを、誰かに話したの？』

「噂で流しておいたんだ、俺は狐仙に選ばれた存在だって。そうすれば、逆らおうなんて思わないだろう？　やはり、こういったことは頭を使わないとな。これで跡継ぎは俺に決まりだ！」

『…………』

魅音は、悲しい気持ちになった。

賢さを買われて跡継ぎに望まれている彼は、武勇に自信がないために、弟に跡継ぎの座を奪われると怯えていた。だから最初は弓矢が当たるようにしただけだったのに、それだけでは事態は解決しなかった。

何度か力を貸すうちに、彼はだんだん、魅音の力を自分の力のように錯覚するようになってしまったらしい。

（力の貸し方を、間違ったのかな）

思いながら、魅音は冷たく告げる。

『私は、あなたに利用されるつもりはない。ここまでだね。あなたに手を貸すことは、もう二度とないでしょう』


（あの時、どうしたらよかったのかな。彼が自分に自信を持って、堂々と跡継ぎになれるように手助けできればよかったけど、賢さが武器にならないと感じたから私に願ってきたわけで）

花籃宮の寝台で、魅音は寝返りを打つ。

（願いは一度きり、とか、条件つけたらよかったかなー。……ん？）

ふと、彼女は起き上がった。

（人の気配がする）

真夜中にもかかわらず、またもや誰かが花籃宮の内院《なかにわ》にいるらしい。かすかに、石畳がミシッと鳴る音がする。

（おー、出たかな？）

月が出たかな程度の調子で、魅音は格子窓から外をのぞいた。

静かな夜の内院に、ぽつんと一つ、小さな灯りが点っている。その灯りが、スーッ……と滑るように右から左へと動いていく。

（……あれ？　雨桐だ）

手持ちの灯籠の灯りにぼんやりと浮かび上がったのは、雨桐の顔だった。自分の部屋から出てきたらしい彼女は、一人で足早に花籃宮の門から外へと出て行く。

（こんな時間に、どうしたんだろう。それこそ、妖怪でも出たら危ないのに。……それとも、何か、隠れてやりたいことでもあるの？）

後宮の怪異に雨桐がかかわっている、などと疑ったことはないが、こんな時に夜中に一人で出歩ける度胸があるとは思っていなかった。

魅音は寝室の戸を開けて回廊に出ると、ひょい、と白狐に変身した。

（どちらにしろ、ついていかないとね。……あら）

見ると、ちょこまかと近づいてくる小さな姿。白黒まだらの、小丸である。

『そうね、狐だと入りにくい場所もあるし。小丸、ついてきて』

魅音が身を屈めると、小丸はよじよじと彼女の身体をよじ登り、頭の上にのっかった。

夜の後宮は、人が住む宮の入口にだけは篝火が燃えている。雨桐はその灯りを避けるように林の中に入り、北へ、北へと歩いていった。

魅音と小丸は、木々や藪の陰を辿って後をついていく。

いくつかの宮を通り過ぎると、さらに木々が増え、篝火の灯りは遠くなり、あたりはどんどん暗くなっていった。重さを感じるほどの、濃い、黒々とした闇だ。

(ええと、待って。このまま北に行くと)

魅音が思った通り、雨桐は頼りない小さな灯り一つで、二本の石柱の間を抜けた。その先の森の中には、いくつかの廟がある。

(もしかして、珍貴妃のいる廟に行くつもり……?)

やがて、目の前に廟の威容が姿を現した。三階建てに見える堂の中は螺旋《らせん》状の造りになっているのだが、これは中のモノが迷って出てこられないようにするためだと言われている。

前に魅音が見に来た時と変わりなく、ぐるりと石に彫り込まれた呪文が入口を守っていた。人ならざる霊力を持つものは出入りできないが、普通の人間なら出入りできる。

雨桐は、一度足を止めて逡巡《しゅんじゅん》しているようだったが、やがて思い切ったように、中に入っていった。

(後宮の結界と同じで、私は通れないのよね。でも、小丸は私の命令を聞いているだけでただのネズミだし、行ってもらおう)

魅音は足を止めると、小丸だけを先に行かせた。目を閉じて、視界を共有する。

低い視点でぐるぐると上る螺旋階段は、めまいがしそうだ。それに耐えていると、やがて小丸は広い空間に出た。中央に、珍貴妃の骨が収められた石の棺があるのが見える。

そしてその横に、木製の櫃《ひつ》があった。珍貴妃ゆかりの品が収められた櫃だ。

祈りを捧げた雨桐は、櫃の蓋に手をかけた。ゴトッ、と音がして蓋が外されたが、ネズミ視点では中が見えない。

雨桐は両手で蓋を持ったまま、探るように中を見つめている。

『中を見て』

魅音は命じた。

小丸は駆け出し、櫃の縁に飛び上がる。一瞬、中が見えた。

「きゃっ！」

雨桐はすぐに、櫃の蓋を閉めた。小丸だとはわからなかったらしい。

そして、蓋に手をかけたまま何か考えている様子だったが、やがて立ち上がり、出口へと向かう。

(何があったのか、聞いてみなくちゃ)

魅音は小丸を呼び戻すと、目を開いた。

そして、廟から出てきた雨桐の前に素早く飛び出し、立ちふさがった。

「きゃっ⁉」

灯籠を取り落としかけた雨桐が、あわてて握り直す。

「あ、ああ、魅音様、ですね……？」

魅音は狐姿のまま、口を開いた。

『一人で出て行くから、妖怪にでも遭ったらと思って心配したんだよ。そしたら、こんなところに』

「も、申し訳ありません」

『何か気になることがあったんでしょ？　どうして、ここに来たの？』

尋ねると、雨桐は魅音を見下ろしていることが気になったのか、両膝をついて視線を合わせた。

灯籠を脇に置き、ためらいながら口を開く。

「何からご説明すればいいのか……後宮で使われていた、色々な品物のことなのですが」

『先帝が死んだ後、縁起が悪いから処分された、あれこれのこと？』

「はい。実は……宮女の中には、処分はもったいないという者もいて。今後のためにと、高価な品をこっそり懐に入れて後宮を出て行く者たちもいたんです」

『ははあ』

「私、気づいていましたが、見て見ぬ振りをしてしまいました。ここを出てから色々と大変だろうと思いましたし、どうせ処分するなら、と、つい……」

雨桐はうつむく。

「怪異の噂が起こり始めた時、その品々が関係あるなんて思いつきもしませんでした。だって、もう後宮にはないはずですから。でも、まさか……戻ってきているなんて。確かに、あの品々は鎮魂の儀式のときには後宮にありませんでしたから、祓い清められていません。今まで黙っていたのもあって、言い出せませんでしたが」

『そう……』

尻尾をゆらゆらさせながら、魅音は続ける。

『でも実際、子威みたいにどこからか手に入れてしまう者もいるし、処分しようが宮女が持ち出して売ろうが、そこから先の管理まではできないわよね』

青霞も、何とかできないかと困っていた。

『それに、目覚めさえしなければ何も起こらない。人が使えば何かしらの念はこもるものだけれど、それだけで終わるのが普通だから』

うなずいた雨桐は続ける。

「でも、魅音様、おっしゃいましたよね。強い霊力を持つ品は、他の妖怪を目覚めさせることができると。それを聞いた時、すぐに思い浮かんだものがあったんです」

『思い浮かんだもの？』

「珍貴妃の、孔雀の髪飾りです」

孔雀の意匠が禁忌になるほど、珍貴妃を思い起こさせるもの。それが、孔雀の髪飾りだ。二羽の孔雀が一対になっている。

「呪ってやる、と言い残して死んだ妃の、一番のお気に入りの品です。とても豪華で、いつも着けていらした。もしも強い霊力を宿す品があるとしたら、ああいうものなんだろうな、と思った時、怖くなりました。ちゃんと、珍貴妃と一緒に埋葬されたはずよね？　って。一度気になりだしたら、確認しないと安心できなくなって……ここにあるかどうか、見に来たんです」

魅音は尻尾の動きを止めた。
『まさか』
雨桐は身体を震わせた。
「……櫃の中には、なかったのです」
『えええ⁉』
びびび、と魅音は全身の毛を逆立たせた。

その六　狐仙妃、孔雀の髪飾りの真実を知る

俊輝の部屋に、俊輝と魅音、そして昂宇が揃っていた。

孔雀の髪飾りが紛失しているとわかって、場の雰囲気はかなり重いものになっている。珍貴妃の怨念が、そこに籠っているかもしれないからだ。

「髪飾りは、いつなくなったことになるんでしょう？　火葬の時、僕は立ち会っていましたが、髪には何もついていませんでしたよ」

誰にともなく昂宇が尋ねると、俊輝が答えた。

「自害した時にはつけていたぞ。あれは目立つから覚えている。火葬されるまでの間に外されて、二つとも櫃に入れられたはずだ」

「棺の方はすぐに封印しましたが、櫃の方は貴妃のかかわった品々を調べて入れてからだったので、封印まで数日の時間がありました。誰かが取り出したとしたら、その間でしょうか」

長椅子の上にちょこんと座った白狐――もちろん魅音である――が、まるで人間が発言を求めるかのように片手を上げる。

『でも普通は、そんな死に方をした人の物なんて持ち出さないでしょ。呪われるのを恐れて、宮女

や宦官たちは珍珠宮に近寄るのを嫌がったって、雨桐が言ってた』

　昂宇はうなずく。

「そうです、呪いを懸念して、珍珠宮の遺品の整理は方術士たちがやったんです。方術士は身を守れますから、たとえ貴妃の怨霊が現れて誘惑されても乗りません。ただ、宮での勝手がわからないので作業が遅れて、時間はかかりましたね」

『じゃあやっぱり方術士が持ち出し容疑者だね』

「それ僕が犯人だって言ってます？　怪異が起こっている今現在、後宮に出入りしている方術士は僕だけですし」

『あっ、自白した』

「指ささないで下さい。何でそんな、自分が疑われるような条件下でわざわざことに及ばなくちゃいけないんですか」

　言い合う二人を面白そうに眺めていた俊輝が、仕切り直すように口を挟む。

「とにかく、螺鈿の鏡と同様に、呪われる危険があったとしてさえも髪飾りを手に入れたい人物がいたわけだな。方術士が珍珠宮の片づけをしていて人目はあったかもしれないが、彼らは宮に不慣れだ。目をかいくぐって櫃に近づくのは簡単だっただろうから、ちょっと目端《めはし》の利くものならやれる。その人物は今も、髪飾りを持ったまま後宮にいる。で、その理由は？」

「霊力や怨念の強い品を使って、他の妖怪を後宮内で目覚めさせたかったわけですよね。墓を暴いて鏡を取り出し、団扇もわざわざ買い戻しているくらいなので、それはハッキリしてます。しかし、動機がわかりません。目覚めさせてどうしたいのか」

　昂宇の疑問に、魅音は首を傾げる。

『んー。素直に考えると、後宮を後宮として機能させないため……？　こんな騒ぎのある場所で悠長に子作りなどできませんし、実際してませんもんね、陛下』

「陛下の子を帝位につけたくないのか……？　それで得をする者は誰です？」

「待て待て」

　俊輝が止めに入った。

「今の状況で俺の子が生まれても、次の皇帝になる可能性は低いぞ」

　暗君だった先帝が討たれたので、その子や近親者は流罪《るざい》や労役など、皆が連座して罰せられている。俊輝が帝位に就いたのは、皇族の遠縁だったことや、これまでの実績に基づいた周囲の後押しが理由で、例外的なものだ。

　照帝国では、皇帝の子の中で帝位の継承順位を決める時、生まれた順よりも母親の血統が重視される。

　美朱が生んだ子なら候補にはなれるかもしれないが、国が落ち着いた時点で俊輝が皇族や貴族から皇后を迎えれば、そちらの子が優位になる。後継者がらみで子作りを邪魔したいなら、今ではあまりにも早すぎるのだ。

　ふと、魅音は思った。

（そっか。陛下は後宮で子作りできなくても構わないんだったっけ。他に皇帝の座に就けたい人がいるんだもんね。……もし、それが嘘だったら？　他に何か理由があって後宮を機能させたくないなら、騒ぎを起こす動機になりうるんじゃ……？）

しかし、すぐに彼女は思い直す。

（あ。そもそも、この件を解決するようにと言ったのは陛下だった。陛下も昂宇も、犯人ではなさそうね）

『まあ……理由はともかく、髪飾りを持っている人が怪しいということになるんじゃないですか？　持ち物検査でもします？』

「肌身離さず持っているところを押さえられなければ、意味がありません。順に検査するとして、その話を聞きつけた犯人がどこかに隠してしまったら、元も子もない。できれば、怪しい人物をもう少し絞り込んでからにしたいですね」

そこで、今まで起きた事件を整理してみることになった。

「後宮の怪異の始まりは、牡丹宮のすすり泣きの声と、象牙宮の窓にいた幽鬼、そして鬼火だったな」

『それなんですが、牡丹宮と象牙宮は無視していいと思います。噂の域を出ないものまで数え上げていたらきりがない。あえて言えば、誰かが意図的に噂を流した可能性はあるかもしれませんね』

「意図的に？」

『最初が噂で、そこから鬼火、そして具体的な怪異と進んだので、何か意味があるのかなと思っただけです。私の目にはどうも、最初はおとなしかった怪異が徐々に激化しているように見えて。まあ鬼火はどこにでもいますが』

　魅音にとって、人間のいるところなら鬼火は普通にいる、くらいの感覚だ。

『とにかく、絞り込みに不要な情報は除いていきましょう。私が最初に出会った怪異は、青霞の生霊です。後悔していた青霞の念が、蝶の耳飾りにこもっていた』

「それに誰かが近づいて目覚めさせたとして、その人物もまさか生霊だとは思っていなかったでしょうね」

『たぶんね。だって、青霞本人も気づいてなかったんだし。ていうかそもそも、そこにそんな念のこもった耳飾りがあること自体、知らなかったはず』

　耳飾りは、青霞が皇后に会った時に彼女が引き寄せて持ってきてしまい、その後は隠していたためだ。生霊だったので、発する霊力も内にこもっていた。

『まあとにかく、実際に耳飾りの念が活発化して青霞自身を襲ったんだから、誰が近づいたのか考えてみましょう。といっても、近づいた人、多いんですよねー。青霞は私や天雪を部屋に招いているし、青霞担当の宦官、それに雨桐はもちろん妃の体調を見て回っている医官やその助手、掃除担当の宮女も入れ替わりが激しかったし』

　花籃宮は、品階が決まる前に『とりあえず』妃たちが入っていた場だ。宮女の人数も足りず、手の空いたものが掃除洗濯に出入りしていた。

　昂宇がつぶやく。

「そうか、生霊だったということは、変化し続けていたかもしれないな……」

『え？　どういうこと？』

「いえ、青霞妃はずっと後悔し続けていたわけですから、それが積もりに積もって、たまたまあの夜に溢れたのかもしれないな……と」

『ちょ、その場合、誰が近づいたとか関係ないじゃない！』

「そ、そうなりますかね」

昂宇が口ごもった。

俊輝は頭をかく。

「絞るのは難しそうだな。では、次は螺鈿の鏡……いや、螺鈿の鏡と女仙の団扇はどちらも同じころに、誰かが後宮の外で入手している。協力者がいたならともかく単独犯なら、後宮を出入りできる人物のはずだ」

『あっ。出入りと言えば、宮女が外に出られる日ってあったよね⁉』

魅音は思い出した。

宮女は一年に一度だけ、後宮から出られる日がある。三月の最初の巳《み》の日、上巳《じょうし》と言われる日だ。

城壁の外、つまり天昌の外にまでは出ることができないが、天昌で肉親や知り合いと会ったり、店で散財したりと、皆が思い思いに楽しむ。前年は珍貴妃がそれすら許さなかったので、今年の上巳はいつにも増して喜びに満ちたものになったようだ。

『その日に、陵墓と骨董屋に行ったんじゃない⁉　つまり、その日に後宮から出なかった人は、容疑から外れる！』

「骨董屋で謎の人物が団扇を注文したのは、上巳の日ではありませんでしたよ」

昴宇はあっさりと否定する。

「それに、別にその日でなくても理由さえあれば、僕たちみたいに許可を取って外に出ることはできますし。令牌を持ってね」

『うぅー』

悔しそうにうなる魅音に、俊輝は苦笑する。

「先ほども言ったが、そもそも協力者がいたらいつでも誰でも行けるしな。まあ、骨董屋に客が来た日に後宮の外に出たのは誰か、調べてみる価値はある。これは昴宇の仕事だな、内侍省だ」

「はい、見てみます」

昴宇は礼をし、魅音も『はぁい』とため息交じりの返事をした。

『でも、髪飾りのことを考えると、だいぶまずいかもしれません』

「どういう意味だ？」

俊輝に聞かれて、魅音は答えた。

『後宮の中で妖怪や怨霊の数が増えているのなら、珍貴妃の怨霊も力を増している可能性があるんです。相乗効果でね』


その翌日、天雪から誘いが来た。今度こそちゃんと約束して遊ぼう、といっていた、その約束の日だったのだ。

場所は、庭園の四阿《あずまや》である。滝の飛沫が春の陽光にキラキラときらめき、咲き誇る花が甘い香りを漂わせていた。

「魅音！」

石段を上っていくと、声がした。見上げると、やや高い場所にある四阿から青霞が手を振っている。彼女も天雪に誘われたのだ。

「何だか、面白い遊戯盤があるって？」

上り切った魅音が聞くと、青霞がうなずく。

「そうそう、私もそれに誘われたの」

二人で話していると、ようやく天雪の姿が見えた。両手で何やら荷物を持ち、石段を上がって来る。普通なら荷物は侍女が持つのだろうが、何しろ人手が足りないので、後ろからついてくる侍女は茶道具を持つだけでいっぱいいっぱいのようだ。

「青霞、魅音！」

「天雪、足元、気をつけてー」

青霞が手すりから身を乗り出して声をかける。

えくぼを浮かべた天雪は、四阿まで上りきるなり、手に持っていたものを軽く持ち上げて見せた。

四角い遊戯盤だ。それを茶卓子《トレイ》代わりに、小さな二つの箱を載せている。遊戯盤には、碁盤の目とは異なる線や印が表面に描かれていた。

「皆で、これで遊びましょ！　あのね、西方の遊戯で……あっ」

楽しげに卓子に駆け寄ってきた天雪が、急につんのめった。

そのまま、派手にスッ転ぶ。

盤と箱が、天雪の手を離れて飛んだ。盤は、くるり、と回転し、角を下にして天雪の上に——

「天雪！」

魅音はとっさに、椅子から立ち上がる暇も惜しんで、天雪の方へと頭から飛び込んだ。

ゴン。

頭突きされた盤が吹っ飛び、四阿の側壁にぶつかる。

「いったあ！」

同時に、がしゃん！　と音がして箱が落ち、蓋が外れて中から四角い駒《こま》が飛び散った。

「きゃっ、魅音！」

倒れ込んだままの天雪が目を見張り、

「ちょ、二人とも大丈夫⁉」

と青霞が傍《かたわ》らに膝を突いた。

「ぜ、ぜんっぜんだいじょぶ……っくうう」

「魅音ったら、涙目で何を言ってるの、見せて」

青霞が魅音の額を確認する。

「ああ、たんこぶになってる」

「いづづづ」

「思い切ったことするわねぇ」

「だって、あんな重そうな盤が降ってきたら怪我するし……天雪、何ともない？」

「おかげさまで、ちょっと膝をぶつけただけ。ありがとうございます！　あ、いたた」

天雪は自分で少し裾を持ち上げて、足を確認している。

そのすらりとした足に、いくつもの青アザがあった。明らかに、今転んでできたどころではない数だ。

魅音と青霞は仰天《ぎょうてん》する。

「ちょっと天雪！」

「どうしたの、その足⁉」

「え？　ああ、これ」

天雪はえへへと笑って、床に転がった先ほどの盤を指さす。

「あれ、双六《すごろく》みたいな遊戯で使う盤なんですけれど、しょっちゅう机から落っこちたり棚から落っこちたりして、そのたびに足にぶつけちゃうの。駒もね、朝、寝台から降りると転がってるから、いつもうっかり踏んづけちゃう。玉《ぎょく》でできてるからそれなりに固くて、踏んづけると痛いんですよねぇ」

魅音は一瞬黙り込んだけれど、がっ、と天雪の両肩に手を置いて視線を合わせた。

「天雪。この間も聞いたけど、もう一度聞くよ。あなた、身の回りでおかしなことは起こっていない？」

「ええ、別に何も起こってなんか」

キョトンとした顔で答えかけて、天雪はふと、指を顎に当てた。

「……そういえば、盤や駒がこんなに落っこちるのって、ヘン？」

魅音と青霞は同時に、

「ヘンです！」

と突っ込んだ。天雪はびっくりして目を見張る。

「そ、そうだったの？　てっきり、私が迂闊《うかつ》なだけだと思ってました」

「もうっ、これだから天然は！　どうしよう、魅音」

青霞は天雪をかばうように、盤から彼女を引き離しつつ言う。

「耳飾りみたいに、何かあったら……！」

「今転んだのも、遊戯盤に何か憑いてるせいかもね。雨桐、昂宇を呼んできて」

魅音は指示をとばす。そして、天雪に尋ねた。

「この遊戯盤、さっき、西方がどうとか言っていたわね」

「あ、ええ」

まだちょっと実感がわかない様子の天雪は、うなずく。

「西方でよく遊ばれる遊戯らしくて、商人たちが照国でも遊べるように作って売り出したものなんですって。『三棋《さんき》』と呼ばれているの。あのね、二人で遊ぶんですけれど、線の上で交互に駒を動

かして、三つ並ぶ形を作って」

「えーと、遊び方は後で教えてもらうわね。天雪は、これを商人から買ったってこと？」

ひょっとしてまた子威が絡んでいるのか、と魅音は思ったのだが、天雪は首を横に振った。

「いいえ、これはもらったの。宮女に」

「宮女？」

「そうなの。陛下が後宮にいらっしゃらないので退屈でしょう、って。自分はこれで遊ぶような友達がいないから、お妃様方でどうぞって」

天雪はニコニコと微笑みながら続ける。

「魅音や青霞のところにも来たでしょ？　医官の助手よ、笙鈴っていう人」

「笙鈴？」

魅音はつぶやいてから、黙り込んだ。青霞が不思議そうに顔をのぞき込む。

「どうしたの？　あ、たんこぶ、痛いわよね」

「あ、ううん。平気」

首を振りながらも、魅音は考える。

（何だか変だな。笙鈴は霊感が強い。だったら、この遊戯盤が妖怪憑きだって気づいてたはず。どうして、何も言わずに天雪に渡したんだろう？）

その時、庭園を昂宇がやって来るのが見えた。後ろから、少し距離を空けて雨桐がついてきている。

「昂宇、こっち！　早かったわね」

魅音が手を振ると、石段を上って来た昂宇は少し手前で足を止めた。女性が何人もいるので近寄れず、何とかして四阿の柱が視界を遮る位置に立とうと、無駄な努力をしているらしい。

「ええと、ちょうど、魅音……様にお知らせすることがあって、向かっていたところで」

呼びに行った雨桐と途中で出会ったのだろう。

「な、何かありましたか……？」

恐る恐る聞く昂宇に事情を説明すると、彼はすぐに申し出た。

「その遊戯盤は、こちらでお預かりしましょう。ええと、太常寺で祓い清められるかどうか、やってみてもらいます」

「じゃあ、お願いします。また遊べるようにしてもらえると嬉しいわ」

天雪は呑気に言いながら、遊戯盤を魅音経由で昂宇に渡した。

魅音は聞く。

「それで昂宇、何の用だったの？」

「ああ」

思い出したのか、昂宇は折りたたんだ紙を二枚取り出し、片方を差し出した。

「まず、こちらは美朱様からです」

「ありがとう」

当たり前のように受け取る魅音に、青霞と天雪が目を見開いている。

「美朱様から、って？　魅音、美朱様と手紙のやりとりがあるの？」

「えっ、あっ、ええとホラ、私みたいな位の低い妃は、権力におもねらないと。だから、美朱様の僕《しもべ》として雑用をやらせていただいてるわけでございますよフヘヘ」

「………………」

青霞と天雪のいぶかし気な顔に『そんなタマじゃないでしょアナタ』と書いてある。

「ささささ、今日はどんなお役目を下さるのかしらぁ？　喜んでやらせていただくわぁ」

わざとらしい笑みを浮かべながら開いてみると、美朱の達筆でこう書いてある。

『尚宮局の資料をだいぶ読み進めたのだけれど、亡くなったり後宮から出たりした人の他に、行方不明の宮女たちがいました。この人たちは生死不明なので、もし亡くなっていたとしても、弔われてはいないと思います。行方を調べてみてもいいかもしれません』

つまり、死んで怨霊化している可能性もある、ということか。

「……青霞。ちょっと聞きたいことがあるんだけど」

「な、何？」

「後宮内で、人が行方不明になったことがあったらしいわね。それ、どういう状況？　だって、後宮の中にいるはずなのよね？」

「うーん……そうね……行方不明、か」

曖昧に、青霞が答える。

「私たちは、行方不明だとは聞かされないのよ。ある日突然、同僚がいなくなったと思ったら、身内に不幸があって実家に帰ったらしい……って噂だけが流れるわけ。でも、実際のところはわからないの」

書類には行方不明と記録される一方、宮女たちの間ではそういうことにされるらしい。
（でも、実際は違うんでしょうね。例えば、何かまずいものを見てしまって殺されて、後宮内のどこかに埋められたり運び出されたり……とか。あ、脱走に成功した、って可能性もあるのかな？その場合は、悪い前例にならないように伏せられるでしょうし）

さすがに、妃ともなると「ある日突然実家に帰りました」では済まないだろう。しかし、立場の弱い宮女などは本当に、誰にも知られず消えて、それっきりなのだ。

手紙には、何人かの行方不明者の名と年齢、そして最後の所属先が書かれている。どうやら美朱は、行方不明になった時期を、先帝が即位してから死ぬまでの期間に絞ったようだ。

そのうちの一つの名に、魅音は目を留めた。

『周春鈴《しゅんりん》　十八歳　尚功局《しょうこうきょく》』

（『周』、って、笙鈴と同じ姓ね。それに、『鈴』という字が共通している。……笙鈴の、妹とか？）

照帝国では、兄弟あるいは姉妹の名に同じ字を入れる習わしがある。絶対の決まりではないが、姓が同じ『周』、名に『鈴』が入っている二人を魅音が姉妹だと思ったのは、ごく自然な流れだった。

（先帝時代に、笙鈴の妹かもしれない春鈴という宮女が行方不明になっている……尚功局にいたということは、縫ったり織ったりを担当していたのね）

魅音は思いながら、昴宇にもう一度手を差し出した。

「そちらの文は、何？」

「これは、僕が調べた結果を記したものです。例の店で例のものが注文された、その日に、後宮を出入りした者の一覧です」

「あぁ」

骨董屋で団扇が注文された日について調べたらしい。

魅音はそちらも受け取り、開いてみた。やはり、数人の名前が書き連ねてある。

その中に、『周笙鈴』の名前があった。後宮内では栽培していない薬種を、天昌の店で買うために出たようだ。

「…………」

「知っている名前はありましたか？」

「……ええと、まあ……」

つい言葉を濁しながら、魅音は考え込む。

（笙鈴は、今の陛下になってから後宮に来たと言っていた。春鈴を、つまり行方不明になった妹を探すために、後宮に来た？　でも、青霞の話から想像するに、春鈴はもう死んでいる可能性が高い。しかも、弔われずに怨霊になっているかも。でも、団扇とは何の関係が？　わざわざ後宮に持ち込む理由なんてある？）

　さらに、ついさっき不思議に思ったことも再び気になった。

　笙鈴は霊感が強いのに、妖怪の憑いた遊戯盤を天雪に渡したのだ。やはり、怪異に関係があるのかもしれない。

「あーっ、でもわからないなぁあああ」

　いきなり魅音が頭を抱えたので、青霞と天雪がギョッと身体を引く。

（笙鈴は霊感が強い。一品から九品まで段階《レベル》があるとしたら、三……ううん、二はあるわね。妹が後宮内で怨霊になっていれば気づいたはず。気づいたらどうする？　弔いたいでしょうねぇ。それと、もし春鈴が殺されたのだとしたら、復讐《ふくしゅう》したいと思うかも。逆に、気づかなかった場合は、ここに春鈴はいないと判断して後宮の外を探そうとする……かな）

　しかしその流れだと、孔雀の髪飾りの紛失はいったいどう関係してくるのか。

（後宮内の妖怪をあれこれ目覚めさせる必要なんて、笙鈴にある？　笙鈴はすごくいい子だから、下手《へた》なこと言って今回の件の犯人だと疑われたら可哀想。でも、変な動きをしているのは確かなんだよなぁ。……悪いんだけど、確かめさせてもらわないと）

　魅音は顔を上げ、青霞と天雪に言った。

「二人とも、ごめんね。ちょっと急用ができたから帰る」

「それって、美朱様の仕事があるから？　大変ね……」

「無理しないでね。おでこ、お大事に」

完全に誤解している二人は、気の毒そうに魅音を見送った。

昂宇はしばらく黙って後をついてきたけれど、二人からだいぶ離れたところで尋ねた。

「何か気がついたなら、教えて下さい」

「うん……でも、はっきりしないから」

それで話を終わらせようとした魅音は、ふと足を止めた。

（一人で何もかも判断すると失敗するよね、気をつけなくちゃ。……昔、私があの人にそう言って聞かせたっけ）

一瞬、記憶は過去に飛ぶ。


『狐仙を味方につけた自分は跡継ぎに相応しい』

そう言いふらした王暁博に、魅音は冷たく別れを告げた。

「待ってくれ、今まで助けてくれたのに、どうして突き放すようなことをするんだ！」

すがる男に、魅音は言う。

『私は間違ってた。狐仙に頼る前に、あなたにはもっとできることがあったのに。どうして直接、弟と話さなかった？　どうして父親に相談しなかった？　一人で賢《さか》しらぶっても、解決しないときはしないいんだよ』

「それは！　それは『負けを認めること』じゃないか、そうだろう⁉」

『では、父親の後を継いだ後、どう家を盛り立てていくかは考えていた？　父親に教えを請《こ》い、弟に協力を請うつもりは一切なかったの？　それも『負け』？　切り捨てるつもりだったなら、他に相談相手や仲間は？』

　魅音はひと呼吸おいて、付け加える。

『私のような人外ではなくて、人間の仲間のことを言ってるんだよ？』

「…………！」

　このままでは、王暁博はひとりぼっちだ。そのことに、彼はようやく気づいたらしい。

「それは……だからそれはっ、魅音が俺のそばに」

『私は今後、お前が家をどう盛り立てていけばいいかなどの助言はできないし、興味もない。後継者にはなれそうなんでしょ？　よかったね。それじゃあ』

「魅音！　待っ――」

　すがろうと彼が手を伸ばす、その目の前で、魅音は姿を消した。


　彼がその後どうなったのか、魅音は知らない。

（今は、私が引き受けてしまった事件を解決するために、私が相談しないとな）

そう思った魅音は、昂宇に向き直って彼の目を見つめる。

「昂宇。人に聞かれたくない話があるの。二人きりになれるところに行こう」

「えっ？　あ、ええ」

少々呑まれたふうな昂宇を引き連れて、魅音は足早に歩いた。

着いたところは――

――珍珠宮の跡、鎮魂碑の前だ。

「二人きりになれるところって、ここですか⁉」

「そうだけど？　人が寄り付かないでしょ」

「それはそうですけど言い方……」

「昂宇、聞いて」

真剣な顔の魅音は、説明する。

「私の身体にアザがあった時、診てくれてた医官の助手がいるの。周笙鈴っていう宮女。もしかしたら、彼女は今回の件にかかわりがあるかもしれない」

夜、白狐になった魅音は俊輝の寝所を訪れた。昂宇も来ている。

魅音は、珍珠宮跡で昂宇と話し合うことで、今までの出来事をまとめていた。それを、俊輝に説明する。

『周笙鈴は、妃たちの身体の具合を定期的に見て回っています。それに鍼治療ができるので、妃の私室にも寝室にも入れるんです。青霞の部屋にももちろん入っていました』

「ふむ……」

『女性にしては背が高い方で、医官の服の洗濯も引き受けていました。だから、宦官用の官服を手に入れて変装することもできます』

そこへ昂宇が補足する。

「陛下、骨董屋に現れて団扇を注文したのは、男性用の官服を着た人物なんです。しかし、女性の可能性がなくもない。そしてその日、周笙鈴は後宮から外出していました」

魅音はうなずいて続けた。

『螺鈿の鏡をいつ手に入れたかは、今はちょっとわかりません。でも医官の助手なので、お使いで薬種を買うために、後宮の外に何度も出ています』

「その時に、伊褒妃の墓まで行くこともできた、か」

『さらに、天雪に妖怪憑きの遊戯盤を渡したのも、笙鈴でした』

「天雪に遊戯盤が渡った後に、妖怪が憑いたわけではないのだな？」

『おそらく、ないですね。天雪が遊戯盤を受け取り、彼女の周辺で怪異が起こり始めた後、笙鈴が一度診察に来たそうです。でもその時、妖怪がいるなんて話は出なかったと、天雪が言っていました』

天雪本人は気づいていなかったのだが、遊戯盤を手にした直後から、盤が身体にぶつかったり駒が床にぶちまけられたりしていたそうだ。妖怪は遊戯盤が笙鈴の手にあった時、すでに目覚めていたのだろう。

さらに、魅音は『周春鈴』について説明した。先帝時代に後宮で行方不明になった宮女であること、名前からして、それが周笙鈴の妹ではないかと思われること。

『でも、笙鈴が春鈴を探すことと、妖怪を呼び起こすことの間に、繋がりが見えません。それで、さっき昂宇に相談してみたんですけど』

魅音が昂宇を見ると、彼が後を続ける。

「もし孔雀の髪飾りに珍貴妃の怨霊が憑いていたら、霊感が強くて影響されやすい笙鈴は操られてしまったかもしれない。だとしたら、後宮内の妖怪を次々と目覚めさせようとしているのは、笙鈴の裏にいる珍貴妃ということになり、辻褄《つじつま》が合います」

「自分の死の恨みを晴らそうとしている、という動機があるな」

「はい。この場合、周笙鈴は完全に被害者です。妹を探してあちこち動いているうちに、利用されてしまったのかもしれません」

昂宇が説明し、魅音は軽く身を乗り出した。

『私、笙鈴にはとてもお世話になったので、助けたい。そこでまず、彼女を呼び出します。彼女が髪飾りを持っているなら、必ず持って来るようにして』

「そんなことができるのか?」

『策があります。ちょっと手を貸していただければ』

「それはもちろんだが、お前が無事で済むような策なんだろうな？」

確認する俊輝に、魅音は微笑んでみせた。

『陛下、相手は死者です。生者が強い意志と生命力さえ発揮できれば、死者は一対一で生者には絶対に敵いません。そういうものです』

俊輝は魅音を見つめ返し、しばらくして口を開いた。

「いいだろう。武官と方術士数人を配置するから、呼び出す日時はこちらで指定させてもらう。そうだな……明後日、夏至《げし》の大祀《たいし》がある。その翌日の夜にしよう」

国家儀礼は大祀・中祀《ちゅうし》・小祀《しょうし》という重要度の順があり、夏至は照帝国の祖である皇帝を祀《まつ》る重要な大祀だった。

（その後なら、陛下も腰を据えて今回の件に関われる、ってことかな）

そう思った魅音は、うなずいた。

『わかりました。くれぐれも、笙鈴をいきなり痛めつけたりしないで下さいね』

「よほどのことがない限り、攻撃しないように命じておく」

『お願いします』

魅音はぺこりと頭を下げた。

『それじゃあ私、戻ります』

「もう戻るのか？　大事なものを忘れていないか？」

『へ？　……あっ』

俊輝が卓子《つくえ》の上に視線をやったので、魅音はハッとして椅子に飛び乗った。

蓋つきの皿が置いてあり、俊輝が蓋を取ると黄身餡の饅頭が置かれている。今回は何と、三個置かれた上に二個載せてあった。

狐のつぶらな瞳がキラキラと輝く。

『ひょー、五個もあるー！　ありがとうございます！』

「お前は宝玉や上等な絹などは喜ばなさそうだからな。こんなもので喜ばせられるなら、いくらでもやるぞ」

得意げな俊輝は、魅音の『まあ、私はゆで卵が一番好きなんですけどね』という返事にがくっときていた。


俊輝の寝所を出た魅音と昂宇は、夏至の翌日の段取りを話し合った。

『よし、そんな感じで。じゃあ私、後宮に戻るね』

「魅音」

ふと、昂宇が彼女を呼び止める。

『何？』

「あの。一応言っておきますが、ゆで卵くらいいつでも用意しますからね？」

『あぁ、ありがと！　じゃあ、今回の件が無事に解決した時、ご褒美《ほうび》に用意してもらおっかなー』

魅音が答えると、昂宇は「お安い御用です」と大きくうなずく。

「それじゃあ、僕は太常寺の方に戻ります」

『え、今からまだ仕事？　大変だね。昂宇にもご褒美がないと、やってられなくない？』

「そりゃもう、これだけ精神的に擦り減る仕事ばかり……あ」

昂宇は一瞬口ごもり、そして言った。

「あの。全部終わったら、魅音がくれますか？　褒美」

『別にいいけど？　私にできるものなら。あ、でも、狐仙の力を使って願い事を叶えてほしいとかはダメだからね』

「わかってます」

『それ以外で、昂宇が好きそうなものなんて用意できるかなぁ。俸禄《ほうろく》のお金を使うのもどうかと思うし』

「別に、高価なものが欲しいわけじゃありません。じゃあ魅音、約束しましたからね！」

何やらキリリとした表情で昂宇は言うと、そそくさと立ち去って行った。

（昂宇が欲しいご褒美って、何だろう。私に要求するくらいだから、霊的な何かが関係してるのかなぁ）

不思議に思いながら、魅音も後宮へと向かった。

照帝国の皇帝は、冬至《とうじ》に天昌の南、夏至に北の祭壇に赴《おもむ》いて儀式を行う。新皇帝の俊輝も伝統に倣《なら》い、天昌を出て北の山のふもとまで赴き、夏至の儀式を行った。

皇帝が永安宮に戻って来た翌日の皇城は、新体制による大きな儀式を無事に終えてホッとした空気が流れていた。この日の午後から、数日の休暇を取る官吏も多いようだ。


朝食の後、魅音は笙鈴を呼んだ。

「昨夜、何だか眠れなくて。安眠の薬湯とか、あったら欲しいのだけど」

「ええ、もちろんお作りしますよ」

笙鈴は薬草や医療道具の入った箱を持ってきており、蓋を開けた。

「何か、心配事でもおありですか?」

「ちょっとね。私、あまりに暇だから、後宮内のあちこちをよく散歩するの」

魅音は語る。

「それでね、ほら、象牙宮で噂があったじゃない? 格子窓から中を覗くと、向こうからも人の目が覗く……って。まあ、気になっちゃって、うっかり見に行ったわけよ。そうしたら……」

「そうしたら……?」

「大門が開いてたから中に入ったら、石段を上がったところの二門も細く開いていたの。それで、ちらっと中を見たらね、門庁《ホール》の真ん中にポツンと、青磁の香炉が置いてあるの。飾ってあるんじゃなくて、床の真ん中によ。誰も住んでないから、他には何も置いてないのに、香炉だけが」

魅音はぶるっと身体を震わせた。

「何だか、誰かに『ここから先には入るな』って言われてるみたいで、結局怖くなって引き返してきちゃった」

するると、笙鈴は何か考えるような間を空けてから、淡々と答える。


「それがいいですよ……何が起こるかわかりませんもの」

「やっぱりそう思う？　怖っ、って印象に残ったせいか、あの香炉、夢にも出てきちゃって。それで眠れなかったんだけど」

「象牙宮……でしたよね。もうお近づきにはなりませんよう」

笙鈴は言い、そして薬草をいくつか選び出すと、微笑みながら立ち上がった。

「花籃宮の厨房をお借りしますね、薬湯をお作りします」


その日の夜、亥《い》の正刻《せいこく》。人定《にんじょう》とも呼ばれる、人が寝静まる時刻になった。

林の間を抜けていく、一つの影がある。医官の助手、宮女の周笙鈴だ。

彼女は灯りの一つも持っておらず、それなのに確かな足取りで歩いていく。

なぜ夜の林をそんなふうに歩けるのかと言えば、不思議なことに、彼女の胸のあたりがぼんやりと緑色に光っているからだ。その光は、手の届く程度の周囲をうっすら浮かび上がらせている。

笙鈴の顔は無表情で、下から照らされているため余計に陰影が際立《きわだ》ち、劇で使用される面のようだ。

やがて、彼女は象牙宮にたどり着いた。

開いたままの大門から中に入ると、二門は細く開いている。笙鈴はゆっくりと、門を両側に押し開けた。

門庁の中央に、青磁の香炉が置かれている。それは射し込んだ月明りを反射して、冷たい光を放った。

笙鈴はゆっくりと、門庁に入っていく。

すると、ちりり、と、香炉が震えるような音を立て始めた。

彼女が一歩一歩、香炉に近づいていくと、まるで香炉の中で何かが燃えているかのように、黒い靄が漏れ出てくる。ちりちりという震えは、だんだん激しくなった。

やがて、笙鈴が香炉の目の前に立った時、香炉はふわりと宙に浮かんだ。開いた蓋と本体が靄で繋がり、近づいたり離れたりしている。

笙鈴は微笑んだ。

「自分から出てきたの？　あなたの存在、後宮中に知ってもらいましょうね。私が力をあげ……っ!?」

すっ、と音もなく、回廊の左手から門庁に入って来たのは、魅音だった。

魅音は両手を伸ばし、香炉の蓋と本体をそれぞれ掴むと、そっと蓋を閉じる。香炉はまだチリチリと音を立ててはいるが、おとなしい。

魅音は笙鈴をまっすぐ見つめた。

「悪いわね笙鈴。この香炉は、私がここに置いたの」

「…………」

笙鈴は驚いてはいるようだったが、表情に動揺は見られない。

魅音は一歩下がり、門庁の壁際の段差に香炉を置くと、再び向き直った。

「その、懐に入れているものは何？　見せてくれる？」

黙ったまま、笙鈴は胸元に手を入れると、緑色に光るものを取り出した。

孔雀を模した、髪飾りだ。繊細な金細工に緑の彩色が施してあり、右を向いた孔雀の目と、広がった三枚の尾羽には珍珠《しんじゅ》の粒が埋め込まれている。

「珍貴妃の髪飾りよね。どうして笙鈴が、それを持っているの？」

「私、これに、呼ばれたんです」

笙鈴は静かに答えた。

「後宮に来て、働き始めた時、まだ珍珠宮は取り壊されていませんでした。近くを通りかかったら、呼ばれたんです」

（やっぱり、霊感の強い笙鈴は引き寄せられてしまったのね）

魅音は思いながら、片手を差し出した。

「それ、こちらに渡してもらえる？」

すると、笙鈴は悲し気に微笑んだ。

「そうですね。もう、お渡ししないと」

『ならんぞ』

不意に声がして、髪飾りの光が明るくなったと思うと、笙鈴の背後にもう一つの姿が現れた。

真っ白な襦裙を身にまとった女性だ。その姿はややぼやけているが、光のない穴のような黒い目と、くっきりと赤い唇が目立つ。

結い上げた髪は崩れかけていたが、頭の左側に、左を向いた孔雀の髪飾りがあった。

笙鈴が「貴妃様」と呼びかけた。

（貴妃……これが、珍貴妃の怨霊か！）

魅音は警戒する。

（鎮魂の儀式で力が弱められてさえ、形を保っている。相当強い怨念ね。笙鈴を利用して妖怪や怨霊を目覚めさせることで、力を得ていったからか）

珍貴妃の唇が動いた。

『ならんぞ笙鈴。我を渡してはならん』

「でも」

笙鈴が半分振り向くと、珍貴妃は答える。

『我らの目的は、まだ達せられていない。お前は、早く、お前の妹を目覚めさせたいのであろう？そのために、我の力を願ったのだものな？』

「…………ええ。そうです」

その声は、落ち着き払っている。

（力を、願った⁉　笙鈴と珍貴妃が、協力し合っている……⁉）

思わず魅音が絶句する前で、笙鈴は微笑みを消さないまま、右向きの孔雀の髪飾りを胸元に戻した。

「申し訳ありません、魅音様。もう少しだけ、お待ち下さい。きっと、もう少しだと思いますので」

「……何が？」

「死んだ春鈴が、幽鬼としてよみがえるのが、です」

胸元から出した笙鈴の手に、今度は違うものが握られている。

それは、杼《ひ》だった。織機で布を織る時、経糸《たていと》の間に緯糸《よこいと》を通すのに使う道具である。両手に乗る程度の大きさで、舟のような形をしており、真ん中に穴が開いていて糸巻きをはめ込んであった。

「春鈴は、私の妹です。尚功局で働いていたはずなのに、行方不明になりました。私は春鈴を探すために後宮に来ました」

ここまでは、魅音たちが推測していた通りだ。しかし笙鈴は、杼を大事そうに撫でながら続ける。

「これは、あの子が大事にしていた杼です。後宮内の祠で見つけました。誰かが供えたんでしょう。あの子はきっと、死んでしまった」

「……理由は、わからないままなの？」

静かに魅音が尋ねると、笙鈴はただ、首を横に振る。

「そう……。その杼には、春鈴の魂は残っていなかったの？」

「ええ。少しも。だって、俊輝様が……陛下があの子を、消してしまわれたんだもの」

「えっ」

「えっ」

どこかから男の声もした。昂宇だろうか。

「ひどいですよね。まさか、後宮中の宮や殿舎、全て清めて祓って消し去ってしまうなんて。春鈴は、優しくておとなしくて怖がりな子でしたから、幽鬼として存在したくても鎮魂の儀式になど耐えられなかったのだわ。儀式の前に春鈴を探してくれていたら……でも、下級の宮女が一人姿を消したところで、陛下にとってはとるにたらないことなのでしょう」

笙鈴はゆっくりと、春鈴の形見の杼を胸に抱きしめる。

「だから私、珍貴妃様のお力を借りて、あの子の身体を見つけるんです。しゃれこうべには、人の魂が残る。あの子の最後の言葉、聞いてあげないと」

「それが、目的なの？」

「はい。強い霊力を持つ存在につられて集まる弱い者たちは、強い者から力をもらって自分も強くなるんですって。つまり、後宮に再び妖怪や幽鬼たちが集まれば、か弱い春鈴の魂も、目覚めるはず」

微笑む笙鈴の手から、いつの間にか杼は消えている。

頬のあたりにピリッとした感覚があり、魅音は身構えた。彼女でさえ感じる、重い、重い霊力が、目の前の笙鈴からじわりと漏れ出している。

「どこかで眠っている春鈴の幽鬼が、きっと力を得て、姿を現してくれる。あの子が解き放たれるまで、終わらせはしない。忘れさせはしない」

（聞き覚えのある言葉……そうだ、鏡と一体化していた伊褒妃の言葉だ。彼女も珍貴妃の霊力によって目覚め、そして笙鈴と同じことを望んだのね。女たちを、救おうと）

そう思った魅音の目の前で、笙鈴の全身の輪郭がブレたかと思うと、襦《うわぎ》の前がふわりと開いた。

細い身体の、胃があるあたりに、ぽっかりと穴が開いている。

そしてその穴の中央に、糸を巻いた管が浮いていた。

（杼と、一体化している）

まっすぐに笙鈴の目を見つめ、魅音は一歩踏み出した。

「笙鈴。このままじゃ妖怪になる。人間に戻れなくなるよ」

「私は構いません」

「それならまあ私も構わないんだけど」

うっかり言った彼女の背後で「魅音！」と昂宇が突っ込むのが聞こえ、あわてて言い直す。

「人間とケンカしないなら構わない、っていう意味だからね？　でも、珍貴妃の影響を受けたら、いずれ利用されて人間と戦わされる」

しかし、笙鈴の答えはためらいがない。

「その時は、私のことも封じて消し去って下さい」

「あなたは私の恩人。そんなこと、できるわけないでしょ！」

二人の繋がりを断ち切ろうと、魅音は珍貴妃の方に一歩踏み込み、髪飾りを奪おうとした。

その前に、笙鈴が割り込む。

「邪魔なさるのであれば、たとえ翠蘭様でも容赦はいたしません！」

笙鈴の胴の糸巻きが、ぎゅるるる、と回った。

「！」

ばっ、と糸が放射状に広がった。

そのまま、今度は一気に魅音めがけて収束し、捕えようとする。

とっさに、彼女は白狐に変身することで糸を躱《かわ》した。笙鈴の足元を走り抜け、二門から外に飛び出す。周囲には何人かの武官と方術士が配置されていたが、彼らは昴宇の合図なしに動かないように命令されており、戦いを見守っていた。

魅音は、前院《まえにわ》にあらかじめ置いておいた霊符を、たんっ、と前足で踏んだ。

たちまち、魅音の姿に炎の蛇が絡みつき、彼女を炎で守った。追ってきた糸が、阻《はば》まれて焼け落ちる。

『あっぶな、屋内でやったら大火事だわ』

つぶやきながら振り向く。

魅音を追って、笙鈴が出てきた。

「まあ……翠蘭様、狐の妖怪だったのですか？」

『狐仙ですっ』

きっちり訂正する魅音の前に、ふわりと珍貴妃の幽鬼が舞い降りた。光のない目が、魅音を捉える。

『我が相手をしてやろう』

髪飾りが光ったかと思うと、貴妃の足元から孔雀の尾羽が何枚も現れた。丸い模様のある尾羽は、まるで一つ目の大蛇のように首をもたげ、動くたびに金属的な光を放つ。

大蛇は、ビュン、と空中を薙《な》いだ。とたんに、前院に生えていた木の幹がスパッと切れ、メキメキと音を立てながら倒れる。

『うわ』

後ろに飛びのいた魅音は、庭石の横に降り立った。木はその脇にズシンと落ちる。

庭石の後ろにいた昂宇が、手に持っていた霊符をバンと庭石の裏に叩きつけた。大きな石は霊符の力で、勢いよく貴妃の方へと吹っ飛ぶ。

しかし、貴妃は悠々《ゆうゆう》と孔雀の羽で石を弾き飛ばした。

昂宇が悔しそうにささやく。

「ダメか。まるで羽が何本もの刃《やいば》のようだ。このままでは攻撃が貴妃まで届きません」

その時、横から大柄な影が現れた。魅音と昂宇を守るようにして、武官の一人が立ちはだかったのだ。

「俺も相手をしよう」

『へっ』

魅音は目をぱちくりさせた。

背が高くがっちりとしていて、両刃の刀身のついた長い柄の陌刀《はくとう》を手にしたその武官は、ちらりと横目で魅音を見てニヤリとした。

王俊輝だ。

『へ、陛下ぁ⁉』

魅音は素《す》っ頓狂《とんきょう》な声を上げる。

空を切る音がして、また巨大な刃物のような羽が横薙ぎに飛んできた。俊輝は羽をかいくぐりながら転がり、その回転を助走代わりに立ち上がりざま、珍貴妃に切りかかる。すぐに別の羽が彼の刀を阻み、硬質な音が響いた。

「ちっ」

いったん飛びのいて下がって来た俊輝に、魅音は尋ねる。

『何で陛下がここに⁉』

俊輝は隙なく構えながら答えた。

「うるさい側近がいるんだが、夏至の休暇中なんだ。バレるもんか」

『いやバレるバレないの話じゃなくてね？』

「皇城で俺が一番強い、と思ったから来た。お前が言ったんだぞ、相手が死者なら強い生命力には敵わないと。そういうのは自信がある」

今度は昴宇のいる庭石の方に、羽が飛んでいく。俊輝はすばやく回り込み、両手で構えた陌刀で豪快に弾き飛ばした。逸れた羽が、回廊の軒を吹き飛ばす。

「俊輝、僕は身を守れますから自分のことをっ！」

昂宇が叫んだ。

（え？　『陛下』じゃなくて？）

なぜなのか考える間もなく、俊輝が答える。

「昂宇、とにかくお前に死なれては困るんだ」

（何、何なの、どういうことなの）

魅音が二人の会話に違和感を覚える中、気合いの声と共に、俊輝は再び珍貴妃に切りかかった。

ギン、と金属のぶつかる音が響く。

重量感のある攻撃に、貴妃はわずかによろめいて一歩下がったが、すぐに羽が反撃してきた。

『笙鈴、お行き！』

「はい、貴妃様」

笙鈴がするりと貴妃の背後を抜け、大門から外へと走り出て行く。

庭石の後ろで昂宇が立ち上がり、弓を構えた。矢が放たれる。すぐに羽がそれを弾いたが、その羽が急に固まって動かなくなった。矢羽根に呪文が書いてあったのだ。

その隙に、俊輝が再び突進しながら叫ぶ。

「魅音、ここは俺と昂宇でいい。笙鈴の後を、追えっ！」

声とともに、ひときわ大きく陌刀を振りぬいた。

『グウッ』

貴妃は大門の外に転がり出たけれど、素早く体勢を立て直した。そのわずかな時間に、魅音は大きく跳躍すると、塀を飛び越えて殿舎を出た。

昂宇の声がする。

「俊輝、庭園に誘導して下さい！」

「わかった！」

（前からちょっと気になってたけど、この二人、皇帝と官吏って感じじゃないよね？）

内心思う魅音だったが、今は笙鈴を追わなくてはならない。彼女は振り返らずに走り出した。


俊輝は、庭園の暗い回廊を駆け抜けた。

ざわざわざわっ、と強い霊力が、どこか高い場所を通り抜ける気配がする。珍貴妃が、回廊の屋根の上を追ってきているのだ。

縁台に躍《おど》り出た俊輝は、振り向いて陌刀を構えた。

回廊の屋根の上に、珍貴妃の白い姿がゆらりと立った。尾羽をざわざわとまとわりつかせている。

俊輝は見上げて、挑発した。

「俺を見下ろすとは、いいご身分だな」

珍貴妃の周囲で、全ての尾羽が俊輝に狙いをつけた。

『王俊輝。そんなに皇帝の座が欲しくば、陰界で玉皇大帝に挑むがいい。覚悟せ……』

ふっ、とその視線が、俊輝の背後に浮く。

庭園の池の上に、大量の水の塊が浮いていた。池の対岸に昂宇が立ち、右手に持った霊符を高く

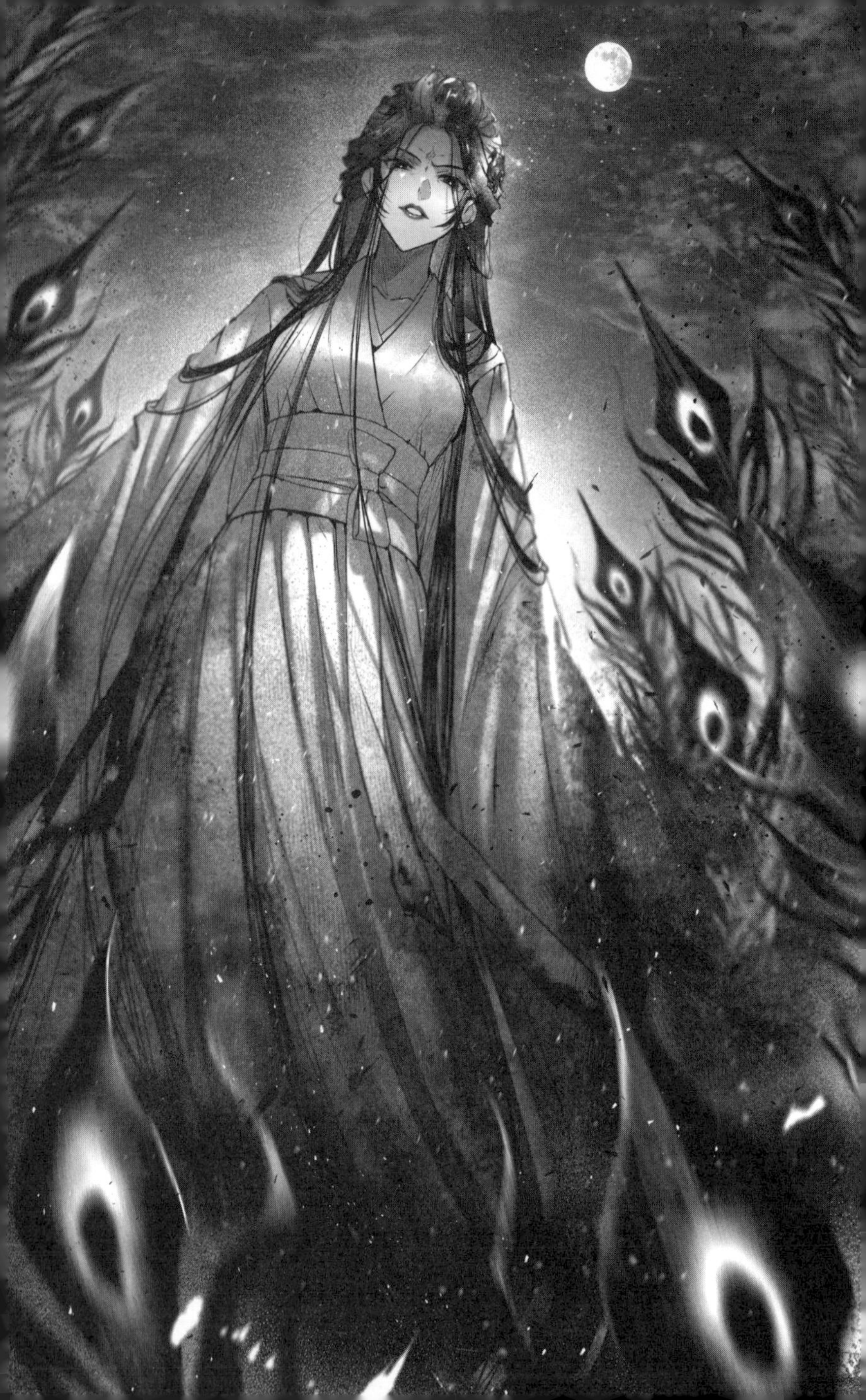

掲げている。

「『打《だ》』！」

霊符が振り下ろされると同時に、霊力をまとった水の塊が珍貴妃に突っ込んだ。

貴妃は反射的に尾羽を自分の前に上げ、防ごうとしたが、相手は水だ。金属に切られてもそのまま突っ込んでくる。

『あああ！』

貴妃は屋根の上から叩き落とされた。どしゃっ、と地面に落ちたところに、俊輝が飛びかかる。

彼の陌刀が一閃《いっせん》し――

――貴妃の髪から、孔雀が弾け飛んだ。


一方、魅音は笙鈴を追っていた。

もう片方の髪飾りを持っている笙鈴は、闇の中でほのかに緑色に光っている。彼女はただ歩いているように見えるけれど、まるで氷の上を滑っているかのように、進むのが速い。出会ったころはただの霊感の強い宮女だったが、今や身体中から霊力を発している。

進む道を照らすように、いくつかの鬼火がポッ、ポッと灯《とも》った。強い霊力に当てられ、幽鬼たちが力を増しているのだ。珍珠宮の近くを通った時などは、人の形をとった幽鬼がゆらりと現れ、こちらに手を伸ばしてくるのを魅音はひらりと躱した。

（参ったな。今の状態であちこち動き回られると、本当に後宮中の幽鬼や妖怪が活発化しちゃう。

それじゃあ珍貴妃の思うつぼだ。でも、笙鈴はまだ自分の意志を保っていて、ただ春鈴を探したいだけなんだよね）

魅音は声を上げた。

『笙鈴！』

「魅音様、まだ私をお止めになるんですか？」

『いや、どうやったらあなたがおとなしく止まってくれるかなって考えると、春鈴を見つけるべきだって思ってたとこ！』

そう言って、魅音は笙鈴の横を並走する。

『笙鈴。春鈴が行方不明になった時のことを、教えてくれる？』

「……わかりました」

素直に、笙鈴は話し始めた。


三月の上巳の日、笙鈴は西市場の近くの茶店で、妹の春鈴を待っていた。

彼女たちの家は貧しく、賢い笙鈴は必死で学んで、天昌の診療所で働いていた。一方、春鈴は後宮に奉公に出た。後宮の不穏な噂は二人も聞いていたが、春鈴が「私が得意なのは機織《はたお》りと刺繍だけだから、それで一番お金を稼げるのは後宮しかない」と言って、家族のために行ってしまったのだ。

後宮に向かう途中でこの店の横を通った時、春鈴は言った。

「素敵なお店。上巳の日には後宮から出られるはずだから、ここで会おうよ、笙姐《しょうねえ》」

以来十ケ月が経ち、今日はようやく会える。笙鈴は楽しみにしていた。

しかし、待っても待っても春鈴は来ない。

茶店でひたすら待つうち、店員から驚くような話を聞いた。昨年末、皇帝が大将軍に討たれ、貴妃が自害したというのだ。

「腐った官吏を捕らえるために、しばらく情報を伏せていたらしいよ。でもさすがに、今日は宮女の口に戸は立てられないよね」

店員は面白そうに言ったが、笙鈴は不安になった。

(政変があったということよね。春鈴が巻き込まれていないといいけど……)

午後遅くなって、このままでは会えないと思った笙鈴は、後宮の門まで行った。数人の宮女たちが、すでに家族との対面を終えて戻って来ており、門卒《もんばん》が確認をしていた。

笙鈴は恐る恐る、門卒に声をかけた。

「あの、失礼いたします。尚功局でお勤めをしております、周春鈴はおりますでしょうか？　私は姉の笙鈴です。今日、会う約束をしていたのです」

「そんな宮女など知らん、後で手紙でも出――」

門卒が邪険《じゃけん》に答えかけた時、中に入ろうとしていた宮女の一人が振り返った。

「春鈴の、お姉さん？」

「はいっ、そうです！」

「春鈴に会いに、ここへ？」

「はいっ」

笙鈴が大きくうなずくと、宮女は一瞬ためらってから、笙鈴をそっと門から離れた壁沿いに連れて行った。

「あの。私、春鈴と同じ尚功局で働いていた者です。春鈴は、三、四ヶ月ほど前に実家で不幸があって、帰ったと聞きました」

「えっ⁉　いいえ、不幸なんてありません。妹は帰ってきていません」

「手紙は？」

「しばらくは来ていませんでしたけど……で、でも、仕送りは毎月、続いています！」

「そう……でも、私は辞めたとしか聞いていないんです。少なくとも尚功局にはいません」

「そんな」

「残念だけど、調べようにも難しいかも」

その宮女は心配してくれた。

「後宮は、先帝と珍貴妃が恐怖で宮女たちを支配していたの。みんな、もう後宮はこりごりだって思っていて、家族と今日会って相談して辞めるって人たちばかり。しばらく混乱が続くと思うわ」

（そんな場所に、春鈴を行かせてしまった……！　春鈴、必ず見つけるからね！）

笙鈴はすぐに、後宮で働くことを決意した。

後宮の人事を司《つかさど》る尚宮局も、宮女たちが辞めて困ることは予想できていたのか、笙鈴はすんなり採用された。

彼女は何とかして春鈴の行方を追おうとしたが、手がかりはつかめない。そうこうするうちに、宮女たちの数はどんどん減っていく。

そしてある日、後宮に何人もの僧と方術士が入って来た。その日、笙鈴は医官の使いで後宮の外に薬種を買いに行っていて、いなかった。

戻った時には、全てが終わっていた。鎮魂の儀式によって後宮は祓い清められ、笙鈴の霊感をもってしても幽鬼や妖怪の存在を感じ取れなくなってしまったのだ。

「しかも、私が祠で杼を見つけたのは、そのたった数日後だったんです。もう少し早く見つけられていたら、春鈴の念が残っていたかもしれないのに。悔しくて、自分を恨み、珍貴妃を恨み、新皇帝を恨みました」

その日の夜は眠ることができず、笙鈴は後宮をふらふらと彷徨《さまよ》っていた。

一対の髪飾りを手に入れたのは、その時だった。祓われていよいよ取り壊すことになっていた珍珠宮で、珍貴妃の持ちものは櫃にまとめられつつあった。髪飾りに宿った強い怨念は、儀式でも完全には祓われておらず、笙鈴を引き寄せてしまった。

そして笙鈴は、珍貴妃の声を聞いた。

『我は蘇る。後宮の妖怪たち、幽鬼たちを目覚めさせ、そやつらがまた他の妖怪たちを引き寄せて、力を増していけばいいのだ！』

強い怨念や霊力が、弱い妖怪や幽鬼を活性化させることを、笙鈴は初めて知った。

「もし春鈴の遺体を見つけることができれば、まだ魂の欠片が残っているかもしれない。こんなふうな姿の消し方をしたんだから、殺されて隠されてしまったのでしょう。でも、か弱いあの子が遺《のこ》した念が、聞けるかもしれないと思ったんです。そこで、私は髪飾りを懐に入れ、医官の助手として妃や宮女の診察をしながら、色々な宮に入り込みました。眠らされている妖怪や幽鬼がいれば、目覚めさせました。いつか春鈴が引き寄せられ、目覚めるのを期待して」

しかしその間、珍貴妃の怨霊もまた、少しずつ力を回復していたのだ。

『…………』

魅音は少しの間、口をつぐんでいたけれど、やがて言った。

『後宮の北の方は探した？　老朽化して放置された建物があるとこ』

「もちろんです。何か隠すなら、そういうところでしょうから、真っ先に」

『最近も行った？　強い霊力を放っている今の笙鈴が行ったら、また違うかもよ』

髪飾りを持っている今の笙鈴を、なるべく人間のいないところに移動させようと考えたのだ。

「………」

笙鈴は黙って、北へと足を向けた。

崩れかけの殿舎が、闇の中に黒々と姿を現す。このあたりはもちろん、篝火なども焚かれていない。

「春鈴……春鈴、どこなの……」

殿舎の合間を彷徨う、笙鈴の悲し気な声が響く。まるで彼女も、幽鬼のようだった。

「魅音っ」

昂宇が駆け寄ってくる気配がした。

『昂宇。貴妃は？』

「動きを止めました。後は笙鈴との繋がりを断ち切って、封じるだけです」

『……わかった。仕方ない』

魅音はもう一度、笙鈴から髪飾りを奪おうと考え、彼女に背後から近寄って行ったのだが。

笙鈴の行く手をふさぐように、ふわり、と幽鬼が現れた。昂宇が素早く霊符を構える。

「何だ、あいつは」

『昂宇、よく見て！　あの子だ』

魅音が声を上げる。

頭の両側で古式ゆかしく結った髪、垂れ目におちょぼ口。

魅音が骨董屋に行く時に姿を借りた、あの宮女だった。そういえば、今いる場所は宮人斜のすぐ近くである。

「あなた、誰？　春鈴を知らない？」

頼りない口調で、笙鈴が尋ねた。

宮女は悲し気に微笑むと、まるで導くように、すーっ、と移動を始めた。

魅音はぴょんと飛び上がり、くるりと回転して人間の姿に戻ると、笙鈴を促した。

「笙鈴、行ってみよう」

歩き出すと、笙鈴は素直に後をついてくる。

宮女は宮人斜の前に出ると、敷地内には入らず東へ進み、やがて南に折れた。古い殿舎の間を抜けると、その先には篝火が見える。

「人がいる殿舎だわ。昂宇、あそこは何？」

「尚功局です」

「春鈴が働いていたところか。でも、今の笙鈴を連れて入ってもいいものかしら」

騒ぎになるのを魅音は心配したのだが、しかし宮女は殿舎には入らず、殿舎を囲む塀の外で止まった。そこには、魅音の腰まで高さのある大きな甕《かめ》が置かれている。

甕の中には縁近くまでたっぷりと、水が満たされていた。

「この甕、そういえばあちこちにあるね。何？　魚でも飼ってるの？」

「火事の時、消火に使うんですっ。でも、これがいったい何だと」

魅音と昂宇が振り向くと、宮女の幽鬼は静かにそこにたたずんでいる。

「……昂宇、これ動かせる？　めちゃくちゃ重そうだけど」

「ええまあ、方術を使えば」

昂宇は、霊符用の紙と携帯用の墨壺を取り出すと、何やらさらさらと呪文を書いた。そして、その札を水甕の側面に押しつけると、まるで糊でもついているかのように貼りつく。

水甕の縁に手をかけた昂宇が、少し力を籠めると、ずずっ、と甕が横にずれた。

「この下、掘って」

「それも僕ですか。まったく、本当に方術士使いの荒い……」

昂宇はぶつくさ言いながらあたりを見回し、手ごろな木の枝を見つけると、それを使って地面を掘り始めた。

ちょっと土を削っただけで、何か丸みを帯びたものが現れた。昂宇はさらに掘り進める。

ぽっかりと空いた眼窩《がんか》、綺麗に並んだ歯――しゃれこうべだ。さらに掘ると、肩が現れてくる。

その人骨は、女用の宮人服をまとっていた。

「………春鈴？」

笙鈴が、人骨の側に膝をつく。

「春鈴なの……？」

人骨は答えない。

魅音は静かに屈み込むと、優しくすくい上げるように、しゃれこうべを手に取った。そして、自分の頭に載せる。

「北斗星君の名の下に。我が身よ、この者の姿を映せ」

ふわっ、と、魅音の全身が光った。

光が収まり、彼女が顔を上げる。その顔は、細面で、笙鈴によく似た、可愛らしい少女のものになっていた。

「春鈴！」

笙鈴が目を輝かせ、『春鈴』の手を握る。

「ああ、こんな……こんなところに、どうして！」

魅音は一度、目を閉じた。

しゃれこうべの中に残っていた春鈴の魂の欠片は、蛍《ほたる》のように儚《はかな》い。そこから、途切れ途切れの記憶を読み取っていく。

「春……いえ、私はある日、孔雀の刺繍を入れた布靴を作ったの。それを珍貴妃様に献上したら、お褒めの言葉を頂いて、自分の専属になるようにと言われて」

「珍貴妃に、気に入られた……？」

「それで、珍珠宮に呼ばれて、出向いたら、入口で貴妃様の侍女に会って……『お前なんかこの宮に相応しくない、入るな』と言われたわ。でも、呼ばれたんだもの、行かないと……中に入ろうとしたら、突き飛ばされて……石段から、落ちて」

あっけなく、春鈴は命を落としてしまったのだ。

笙鈴が真っ青な顔で問い詰める。

「何ですって？　誰、誰なの、春鈴を殺したその侍女は！」

「侍女は、怯えてた。駆けつけた他の侍女たちに、こう言ってる」

魅音は、死んだ春鈴の魂が見た光景を言葉にし続ける。

「『この子が気に入られて侍女にでもなったら、私たちの誰かがお払い箱になり、今度はいびり殺される側になっていたのよ』……って」

珍貴妃の侍女たちは、人形のように着飾らされながらも怯え続けていたのだ。その恐怖が、春鈴を死に至らしめた。

珍貴妃の気に入りの宮女を殺したとバレれば、やはり恐ろしい罰が待っている。侍女たちは全員で共謀し、春鈴の遺体をここに埋めて隠した。

身分の高い侍女が『私が尚功局の長に圧力をかけ、春鈴は実家で不幸があって帰ったことにする』と言っている様子も、春鈴の魂には残っていた。実家への仕送りが続いていたのは、仕送りが途切れることで実家から問い合わせがくれば事件が発覚するため、それを防ぐために誰かが送り続けていたようだ。

「……そんな……ことが……」

笙鈴は、春鈴の顔を見つめながらはらはらと涙をこぼしている。

「……？」

魅音は、眉間を指で押さえた。

（何か見えそう。春鈴は、何かを……書いている）

「……ずっと、怖くて、寂しくて。笙姐に、手紙を書きました。出せずじまいだったけど……」

「えっ」

文面を、魅音は読み上げる。

「笙姐が後宮に来てくれたらいいのに。笙姐の助けを必要としている女の人たちが、ここにはたくさんいる。笙姐が後宮で大活躍したら、私はいっぱい、いっぱい、自慢します」

「春鈴……！」

膝をついた笙鈴は、嗚咽《おえつ》した。

魅音は、そっとしゃれこうべを頭から外した。呪文を唱え、元の姿に戻ると、彼女も笙鈴の側で膝をつく。

「春鈴の、自慢の姐《あね》だったのね。笙鈴、これからも、妃たちや宮女たちを助けてあげてほしい。私が救われたように、救われる人が大勢いるはずだから」

「はい……はい」

「そのためには、珍貴妃との繋がりを断ち切らないといけません」

見守っていた昂宇が静かに言うと、笙鈴は袖で涙を拭き、そして顔を上げた。

「はい」


珍貴妃の気配を追って、魅音たちは庭園にたどり着いた。

怨念のこもった髪飾りの片方を破壊された珍貴妃は、かなりの力を削《そ》がれていた。昂宇の方術によって回廊の柱に縛り付けられ、動けないでいる。

そのそばで、俊輝が軽く陌刀を上げた。

「おう、来たか」

彼のもう片方の手に、壊れた髪飾りがある。

『方術士、離せ！　我は当然のことをしただけだ！』

昂宇を見た珍貴妃が、割れた声で叫ぶ。

『おとなしくしていたら、陛下に痛めつけられる。我が痛めつける側に回れば、我は無事でいられるのだ！』

「珍艶蓉」

俊輝が、珍貴妃に向き直った。

「なぜ、皇后に訴えなかったんだ？」

『皇后など、先帝の子を産めずに泣き暮らしている意気地《いくじ》なしの女ではないか！』

「そんなことはない。先帝を討つ時、手引きしてくれたのは、皇后だった」

（えっ）

魅音は驚いたが、昂宇に驚いた様子はない。知っていたようだ。

珍貴妃は目を見張っている。

『……な……!?　まさか……そんなことをする必要などない、黙っていれば皇后の座にいられるのに、そんなはずは！』

「皇后は皇帝と並び立ち、後宮を取りまとめる役目を負う。たとえ自分が辛い状況にいても、愛寧皇后は妃たちから目を逸らしたり、見捨てたりしなかった。何が起こっているのか知ってから悩み苦しみ、全てを終わらせようと俺に先帝を討たせてくれたんだ。自分のいる離宮に、先帝を招いておびき寄せてな」

昂宇が前に進み出て、俊輝の隣に並んだ。

その手には、右向きの孔雀の髪飾りがある。

「あなたは、この世は自分のことしか考えない人間ばかりだ、と思っていたようですね。だから、あなたも同じようにふるまい、その結果、地獄を作り出してしまったのかな」

『……痛いのは、怖いのは嫌だった……呪いたい人生だった……』

つぶやいた珍貴妃は、やがて静かに目を閉じる。

『その髪飾り……陛下に見初《みそ》められた時に贈られ、着けないわけにはいかなかった。陛下のご機嫌を損《そこ》ねるのが怖かった。これは、我を縛っていたもの……我の恨みが、呪いがこもったもの……』

「昂宇様」

笙鈴が、目に涙を浮かべる。

「どうか、髪飾りと貴妃様は、別々の場所に葬って差し上げていただけませんか？　死後も一緒にするのは、あまりにもお気の毒です」

昂宇が俊輝を見ると、俊輝がうなずく。

「そうしてやろう」

『笙、鈴……』

貴妃の真っ黒な目が、笙鈴を見つめている。

昂宇は言った。

「珍貴妃。笙鈴を解き放ち、あなたも解き放たれて、お眠り下さい。そして、次に生まれ変わる時は、違う景色が見えることをお祈りしています」

珍貴妃の目が、ゆっくりと閉じられた。

笙鈴の身体にまとわりついていた緑色の光が、少しずつ薄れていく。その一方で、貴妃の身体は緑色の光の粒になっていく。

その光はゆらゆらと昇っていき、東から射す陽光に溶け、やがて見えなくなった。

その七　狐仙妃が愛してやまないもの

一対の孔雀の髪飾りは、改めて祓い清められ、廟ではなく太常寺の地下に封印された。

眠りから覚めた鬼火や幽鬼たちは、密《ひそ》やかに存在しているようだが、拠《よ》り所《どころ》にしていた強い怨念が消えたためか、存在がどんどん希薄になって行っている。やがて消えてしまうのかもしれない。

昂宇が後宮に張っていた結界は、解除された。


笙鈴は、昂宇によって取り調べを受けた。これには魅音も立ち会った。

彼女は、いくつかのことをしでかしている。まず、春鈴の幽鬼がどこにいるか探すため、後宮に嘘の噂話を流した。牡丹宮や象牙宮の怪異の噂はこれだ。

「鎮魂の儀式が行われてしまった後、春鈴を探すのは本当に難しくなっていました。ですから、また怨霊が出たという噂話を流せば、私が後宮で働き出す前の目撃談も芋《いも》づる式に出てくるんじゃないかと、期待したんです。でも、春鈴に繋がる話はちっとも出てきませんでした」

髪飾りを手にしてからは、彼女がそれを持ってあちこち動き回ることで鬼火が引き寄せられたり、儀式で弱って消えるばかりだったはずの幽鬼たちが復活したりしてしまった。

青霞の生霊が急に力を増したのも、笙鈴が青霞に鍼治療をする時に近づいたからだ。

青霞に起こったことを笙鈴は知らなかったようで、魅音が話して聞かせると、衝撃《しょうげき》を受けていた。

「わ、私は、何ということを……」

さすがに、青霞が自分を責めていたために生霊が青霞を攻撃したという、そのことまでは、笙鈴のせいではないのだが。

それはともかく、か弱い春鈴の幽鬼を呼び覚ますため、笙鈴の行動は次第に常軌《じょうき》を逸《いっ》し始めた。薬種を買いに後宮の外に出た日、陵墓まで足を伸ばして螺鈿の鏡を盗み出したのだ。

「いつもの店に薬種がなくて探し回ったことにして、一日かけて行きました。怨念の宿る品を探し出すのは簡単でした、私はそういうのも気づきやすい性質《たち》なので……。あっ、さすがに陵墓には髪飾りは持って行っていません。陵墓に眠る方々まで目覚めさせては大変ですし、その必要もありませんから」

鏡は元・賢妃の持ち物だったため、珊瑚宮に置くのが自然だと笙鈴は考え、後宮に戻ったその足でこっそりと珊瑚宮に置いてきたのだ。

昂宇が後宮に結界を張ったのは、このすぐ後のことである。

数日して、笙鈴は改めて髪飾りを持った状態で、珊瑚宮に美朱の体調を見に訪れた。こうして、鏡に取り憑いていた伊褒妃の力が増してしまったわけだが、笙鈴は伊褒妃がここまで暴れるとは想像もしなかったらしい。

「私の望みは春鈴が救われることでしたから、同じように後宮で不幸な目に遭ったお妃様方にも、僭越《せんえつ》ながら同情していました。あなた方のことも忘れない、救われますようにと、いつも祈っていました。もしかしたらそれが、伊褒妃の想いと同調してしまったのかも。そして、美朱様を後宮から救うために殺す、という行動に繋がってしまったのかもしれません」

笙鈴はうなだれた。

「美朱様には本当に申し訳ないことをいたしました。そんなつもりはなかったのです……」

「わかってる。笙鈴は、後宮の女性たちには本当に親身になってた」

美朱の怪我を見て青ざめていたのも、本心からだろう。

骨董屋に団扇を買いに現れたのももちろん、笙鈴だった。後宮から様々な品が売り払われたことを聞いていた笙鈴は、その中に怨霊つきのものがあるのではないかと探しに行ったのだ。もちろん、都で怪異現象を起こすわけにはいかないので、髪飾りは持たずに出かけている。

そして、彼女の霊感によって団扇を見つけたのだ。

「でも、納品の前に修理をすることになって、笙鈴は団扇を持たずに帰った。もし持って帰ってたら、結界で弾かれたその場に私たちが駆けつけて、笙鈴に気づいていたかもね。でも、その時はわからなかった。笙鈴がやってるってわかったのは、遊戯盤の時」

遊戯盤の出所について聞くと、笙鈴は説明した。

「あれだけは、労せず手に入れたんです。宮女たちが一斉に辞めた時、誰かが寮に置いて行って……何かが憑いていたので、使わせてもらいました」

「そう。気づいてたはずなのに、天雪に遊戯盤を渡したから、あれっと思ったのよ。その頃には、誰かが怨霊や妖怪憑きの品を集めてるのがわかってたから、香炉の話をあなたにしてみて確かめたの」

「私が香炉を取りに来たから、やっぱり……ということですね。翠蘭様が置かれた物だったとは。だいぶ後宮内に珍貴妃の霊力が影響し始めていたので、香炉の付喪神が自分で目覚めて姿を現したものと思い込んでいました」

笙鈴は小さくため息をつき、そして顔を上げた。

「自分が人間でなくなっていく感覚は、日々強くなっていて、そろそろ危ないとは思っていたんです。でも、もう少しで春鈴が見つかるかも、明日は見つかるかも、と思うと……。止めて下さって、ありがとうございました。おかげさまで、こうして心を保っていることができます」

「ええと、でも、身体は……」

魅音がためらいがちに聞くと、笙鈴はそっと右の袖をめくった。

「結局、春鈴の杼は、私の腕と一体化してしまいました」

右腕にぽっかりと穴が開き、そこに糸巻きがはまり込んでいた。

「罪を、償うことはできるでしょうか。もし償えるなら、陛下や美朱様がお許し下さるなら、その後の私の命は後宮に捧げ、力を尽くしたいと思います。春鈴と一緒に」

笙鈴はそう言って、袖を直した上からそっと腕を撫でたのだった。

その夜、魅音が狐姿で俊輝のところへ行くと、俊輝は何か文書に目を通していた。

「魅音か。今、笙鈴の取り調べ報告書を読んでいた」

『あ、昴宇が届けに来たんですね』

「そうだ。春鈴を、手厚く葬るように言っておいた」

彼は小さく、ため息をついた。

「悪いものは全て祓えばいい、というのは俺の、俺だけの『正義』の暴走だったように思う。俺が一番嫌っていたことなのにな」

『とはいえ、裏に隠されているものの全てに気づくには、限界があります。なるべく取りこぼさぬように、多くの人の声に耳を傾けるとよいのでは？』

「ああ。そして、誰でも話しやすいようにしておかなくてはな。時には人ならざる者にも助言を求めるとしよう」

俊輝は明らかに魅音のことを示しつつ、腕組みをする。

「それにしても、怨霊と人間に協力し合われては、儀式など意味がないな。珍艶蓉が完全に復活する前に止められてよかった。お前のおかげだ、魅音」

『そうですね、私のおかげです。で、終わったから帰ります！　すぐ帰ります！　お嬢さんが心配してるから帰りまーす！　では！』

騒ぐ魅音に、俊輝は苦笑する。

「待て待て。帰りたいのはわかったが、妃たちに何も言わずに行くつもりか？　皆、泣くぞ」

『う……』

「手続きもあることだし、迎えも待つんだろう？　その間に、皆に声をかけてやれ。……というか、本当に帰ってしまうのか？　このまま妃として後宮にいてほしいくらいなんだが」

『嫌です』

「とりつくしまもないな。仕方ない、褒美を山ほど持たせて帰してやろう。何がいいかな。こういう時こそ、絹織物や装身具が定番なんだが」

『下女に戻る私には必要ないですね。それに……』

魅音は小さくため息をつく。

『後宮で、美しい品物をたくさん見ました。でも、妃たちや宮女たちの切ない想いがこもっていたり、その運命に大きくかかわっていたりで。今は、身に着けたいとは思えません。まるで女たちが先帝の装身具扱いだったような気がして』

「……そうか」

俊輝はうなずき、そして優しい笑みを浮かべる。

「ではやはり、日持ちしそうな卵菓子でいいか」

『きたーやったぁ！　道中で楽しみます！』

ぴょこぴょこ跳ねる魅音を、俊輝は片手を上げて落ち着かせた。

「魅音、最後に、ちょっと頼まれてほしいことがある。なに、簡単なことだ」

『何です？』

「俺の後継者のことだ」

さらりと俊輝が言い、魅音は狐の目をぱちぱちさせた。

『次の皇帝、ってことですか？』

「そうだ。万が一、俺に何かあった時、こういうのは指名しておかないと争いの種になる」

俊輝は懐から、折りたたんだ紙を取り出す。

「皇城内は落ち着いていないから、まだ公表はしたくない。とりあえず、ここに書いてあるから――」

『ちょ、いやいや、私がそれに何の関係があるんですか』

「権力に無縁な奴になら、今教えても大丈夫だろうと思ったんだ。これを、朝議《ちょうぎ》の間《ま》の額の裏に隠しておく。俺に何かあったら『狐仙のお告げがあったからそこを見ろ』とか何とか、うまいこと誰かに言ってくれ」

『私が言っても信用されませんて！』

「お前なら何とかするだろ。ほら、誰かに変身するとか」

『あー、まあ……』

「この文書自体は、俺が書いたとわかるようにしてある」

俊輝はそういうと、紙を開いて魅音に見せた。人物の名前と、次の皇帝に指名する旨《むね》が書かれ、俊輝の名前と花押《かおう》がきちんと入っている。

その名は、『王昂宇』だった。

魅音は黙り込む。

「驚かないな？」

俊輝が面白そうに笑うと、魅音はふわりと尻尾を振った。

『まあ、薄々察してましたから。でも、姓が『南』じゃないんですね』

「気になるなら、本人に聞いてみるといい。魅音になら話すだろう。……俺が先帝を討った前後からずっと、昂宇は俺の側で働いてくれている」

俊輝は、その頃のことを語った。

彼が即位してから、昂宇は内常侍《ないじょうし》の役目を受け持っていた。本来は宦官が就く役職で、常に皇帝のそばに控え、官吏との間のあらゆる取り次ぎを行う役目である。そんな立場を隠れ蓑《かくみの》に、二人は相談し合いながら政治の立て直しを進めた。

「二人で一人の皇帝と言ってもいいほど、昂宇は皇城の立て直しに深く関わっているんだ。知ってるやつはほとんどいないがな」

『そうだったんだ……どうりで忙しいはずですね。さらに後宮の怪異のことまでやってたんだもの』

「ああ。でも、そちらはお前が主体で動いてくれたから、助かった。本当に、帰したくないと思ってるんだぞ」

じっと見つめて来る俊輝の視線に、魅音は落ち着かなげに目を逸らす。

『狐仙だったくせに色々やらかして人間になった私を、そんなに買いかぶられても』

すると、俊輝はゆっくりと手を伸ばし、魅音の前足の片方を握った。

「罰をしっかり受け入れて、人間を知ろうとしているように見える。そういうところが好ましいし、信用しているよ」

『…………』

黙っていると、手はそっと放された。

「仕方がないから手放すが……気が変わったら、いつでも妃として戻ってこい」

『妃として、は決定なんですか』

「俺と昂宇の側についてくれるなら、何でもいい。こら、嫌そうな顔をするな。狐の顔でもわかるぞ」

にやりと笑い、そして俊輝は紙をたたみ直して懐に入れた。

「さて……これがなくても、あいつが自分で皇帝になると言ってくれれば一番いいんだけどな。俺などよりずっと賢い、あいつが」


こっそり後宮の花籃宮に戻ってくると、魅音の部屋で昂宇が待っていた。

「陛下のところに行っていたんですか」

『うん』

魅音は空中でくるりと一回転し、人の姿に戻る。

「帰る、って宣言してきた。お迎えが来るまでに、後宮の人たちに挨拶しないとね」

「やっぱり帰るのか……あ、いや。引き留められたのでは?」

「まーね。私が有能すぎて。でも帰る」

「ですよね。ああ、雨桐がお茶の準備をしていってくれましたよ。淹《い》れましょう」

遅くなるから休んでくれと言ってあったのだが、気を使ってくれたようだ。

話を聞いていたかのように、小丸がどこかからチョロチョロと出てきた。魅音は小丸をすくいあげ、卓子に乗せる。

「はいはい、小丸におやつをあげようね。あっ、ゆで卵が置いてある!　私の夜食だー!」

「それは僕から。ご褒美にと約束しましたからね」

「うわ、ありがとう!」

魅音が小丸に松の実をやっている間に、昂宇が茶を淹れてくれ、湯気を立てた茶杯が魅音の前に置かれた。

「いい匂い!　いただきまーす」

ぱくりとゆで卵をかじる魅音を、昂宇は卓子の向こうで黙って茶をすすりながら、見つめている。

(……何か話したそうな、そうでもないような)

ちょっと気にしつつも、魅音はゆで卵を平らげた。

「ごちそうさま、美味しかった!　そういえば、私も昂宇にご褒美あげるって言ってたんだったね。何がいいかな」

「ああ……」

昂宇は茶杯を手に、どこか斜め上に視線をやりながら言う。

「別に、やっぱりもう……いいです」

「いらないの？」

「あれはほら……もうすぐ魅音は帰るのか、色々振り回してくれたんだから帰る前に僕にも何かやってもらおうじゃないかという、勢いみたいなものといいますか」

「いやいや、遠慮しなくていいから。よーし、それじゃあ」

魅音は、すっ、と立ち上がった。座っている昂宇の側へ、ゆっくりと回り込む。

「たくさん働いてお疲れの方術士殿に、私が極上の癒《いや》しを差し上げましょう」

体温を感じるほどの距離に彼女が近づいたので、昂宇は狼狽《うろた》えながら茶杯を置いた。

「え、あの……魅音？」

昂宇が見上げ、魅音が見下ろし、二人の視線が合う。

そして――

ぴょん、と魅音が軽く跳ねたかと思うと、昂宇の膝にポフッと白狐が着地した。

「わっ⁉」

『なんか人間って、ふわふわの動物を抱っこすると癒されるらしいじゃない。ほーれ、尻尾フサフサの狐ですよー和《なご》めー』

「………」

昂宇は絶句していたが、やがて珍しく声を上げて笑うと、そっと包むように白狐に両腕をまわした。

「うわ……軽い」

『人間の姿と、記憶の中の狐仙を、入れ替えてるからね。半分実物、半分幻みたいな感じなのよ』

「でも、温かい。あぁー、いやこれは癒されるな……毛並みも綺麗だし見事に真っ白ですね、すべすべしている」

『苦しゅうない。もっと褒めるがよい』

「尻尾、触ってみたいなと思ってたんですよ。ふわっふわだ」

昂宇は丁寧な手つきで、魅音の尻尾を撫でている。

魅音は鼻先を上げて、昂宇を見た。

『それこそ最後だし、聞いちゃおうかな。昂宇と陛下って、どういう関係なの？　皇帝と一官吏にしちゃ、妙に気安いよね』

しばらく黙って魅音の尻尾を撫でていた昂宇は、やがて口を開いた。

「俊輝と僕は、従兄弟《いとこ》同士なんですよ。俊輝の父と僕の父が兄弟なんです」

『へぇ！　でも昂宇は、姓が『南《なん》』だって言ってたよね。陛下と違う』

「ええと、ちょっとややこしいんですが……生まれた時は『王』だったんです。宗族の中で特別な役割を継ぐことになって、同世代の子の中で僕だけ姓が変わりました」

宗族というのは、照帝国では父系の同族のことだ。祖先を祀ることで強く結びついている。

話し始めてみると抵抗がなくなったのか、昂宇は淡々と説明した。

「今の姓は『南』だと言いましたが、本当は、『難《なん》』です。難昂宇」

『難。忌《い》み字《じ》ね』

「ええ。だから対外的には、これからも『南』ということに。『難』は、宗族の巫《シャーマン》が継ぐ姓なんです。冥界《めいかい》の女神と通じ、死者を弔う。今、僕が太常寺で方術士として働いているのも、巫の修行の一環です」

姓を変えることで宗族から切り離し、穢《けが》れを避けるということなのだろう。

『信仰しているって言ってたのは、その女神なのね』

「そうです。ちなみに、先帝を皇帝の座から引きずり下ろすべきだと俊輝に進言したのは、僕です。俊輝に傷がつかないよう、まず僕が愛寧皇后を説得し、新しい妃を紹介するからと言って先帝を離宮に呼び出してもらいました」


遠縁ではあっても皇族の血を引く『王』家の者を、先帝は無碍《むげ》にはできないため、話し合いに持ち込むことはできた。昂宇は先帝を改心させようとしたが、先帝は聞く耳を持たない。ならば譲位を、と迫ると、

「お前は皇帝の血縁だからといって、余《よ》に成り代わろうというのだな⁉」

と逆上し、昂宇を側近に殺させようとした。

その成り行きを、昂宇たちが読んでいないはずもない。先帝と側近たちは、潜んでいた俊輝の手によって討たれたのだ。

『陛下に、昂宇こそ皇帝になるべきだ！　って言われなかった？』

魅音が聞くと、昂宇はビクッと手を止めた。

「ななな何で知ってるんですか⁉」

『陛下には他に皇帝にしたい人がいるらしいって話、天雪から聞いたの。珍貴妃との戦いで、陛下は昂宇を守りに来たから、じゃあそれって昂宇かなーと思っただけ』

その時から薄々、魅音は昂宇という存在の重さに気づき始めていたのだった。しかし、俊輝の書いた文書に『王昂宇』の名が記されていたことは、ひとまず言わずにおく。

「人柄も能力も、明らかに俊輝の方が相応しいのに。俊輝は小さいころから、僕を買いかぶり過ぎなんですよ」

昂宇は大きなため息をつく。

「僕はもう『難』を継いだんだから無理だし、そもそも向いてない」

『皇帝は子孫を残さなくちゃいけないのに、女の人、苦手だもんね』

「そう！　そうなんですよ！　それなのに『王』に戻って皇帝に、なんて無茶を言う」

我が意を得たりとばかりにうなずく昂宇が面白くて、魅音は喉を鳴らして笑った。

『王暁博の時と真逆ね、笑っちゃう！』

「えっ⁉」

昂宇はのけぞった。

「魅音、どうして僕の祖父の名を」

『やっぱりそうなのね。昂宇が元は王昂宇なら、前に教えてくれたおじいさんの話は王暁博のことかなって』

「じゃあ、魅音が狐仙として、祖父の願い事を叶えた……？」

『そうよ。でも、宗族の後継者争いに利用されたのがわかったから、こっちもキレちゃって。ま、反省したのならよろしい。しかもその結果、今度は孫の昂宇と陛下が、皇帝の座を奪い合うことなく勧め合ってるわけだ。ふふっ』

昂宇の手首に自分の頭を載せ、魅音はふさふさの尻尾を身体に巻き付けて丸くなる。

『でも昂宇だって、先帝を討つべきだと考えてたってことは、理想があるんじゃないの？　どんな照帝国になるといいなって思ってるの？』

「僕は、声も挙げられないほど縛られるのが嫌だっただけです。もの扱いされない、恐怖に支配されない、自分の意志で決める人生を国民が送れたらいい。まあ、その結果がまずいと困るんですけど」

二人とも、心まで支配されたくない、というところは同じらしい。

（行動に出るべきだと決心したなら、陛下の言う通り、昂宇も皇帝に向いてるんじゃないかなぁ。たまたま、先に巫に選ばれてたからそうならなかっただけで。巫に選ばれてなければ、女嫌いにもならなかったかもね）

そんなふうに思い描きながら、魅音は尻尾を軽く揺らした。

『そっか。どっちが皇帝でも、少なくとも妃たちは、先帝時代より幸せになれそうね。ほっとした。……ふぁーあ、昂宇の手が気持ちよくて、眠くなってきちゃった……』

「ちょ、寝る気ですか？　独身女性が？　僕の膝で？」

『女だなんて思ってないくせに、何を言ってるんだか』

魅音は目を閉じる。

「待って下さい、魅音。祖父の願いを叶えた時は狐仙で……その後、人間に生まれ変わったのは何かしくじったからだと言ってましたよね。もしかして、祖父のせいで神々から罰を受けたとか、そういうことですか？」

（うーん、ちょっと違うかな）

人間に利用された魅音は反省し、もっと人間のことを知ろうと、神に申し出て人間に生まれ変わったのだ。

自分で自分に、罰を下したのである。

（でも、それはこの私が決めたこと。昂宇が知る必要はないの）

魅音はそのまま、寝たふりをする。

昂宇は「あの」とか「寝ちゃったんですか」とかもごもご言っていたが、諦《あきら》めたのか静かになった。繊細で大きな手が、ゆっくりと尻尾を撫でている。

やがて彼は、魅音を両腕に抱えたまま、そーっと立ち上がった。

「よっ。……魅音は祖父を諭《さと》すことで、一族を救ってくれたんですね。それに、褒美をありがとう」

魅音の寝室に入った彼は、丁寧に寝台に下ろす。

ささやき声が降ってきた。

「もし、万が一、僕が皇帝の座を志していたら……やっぱり俊輝のように、魅音に側にいてほしいと望んだだろうな。……太常寺での修行が終わったら、僕は皇城を離れますが、魅音のことは忘れません。一生」

彼の手がもう一度、名残惜《なごり》し気に尻尾を撫で、そして気配は離れていった。

（……もし昂宇に何かあった時は、また助けに来てあげるよ。昂宇なら、ね）

魅音は心の内でつぶやいたのだった。


ついに、魅音は翠蘭の待つ陶家へ帰ることになった。

その知らせを聞いて、一番打ちひしがれてしまったのは美朱である。

「またアザが出るなんて……治ったはずだったでしょ⁉　いいえ、治っていなかったなら、また治すまでのことだわ。私、お父様に頼んで医者も薬も探して何とかするから、行かないで、魅音……！」

美朱は涙をこぼす。

「あなたが後宮にいるだけで、私、とても安心できるの。私を支えてほしいのよ」

「光栄です。でも、陛下のお役に立てない私は、ここにはいられないんです……故郷に戻れば、アザはきっと治りますので、そこは心配しないで下さい」

魅音はそう答えながら、

（もう、仮病使って誰かに心配かけるの、やめよ……）

と思う。

（だから長くいるのは嫌だったのよ。大して仲良くなっていなければ、平気で帰れるのに）

青霞と天雪は、意外とあっけらかんとしていた。

まず青霞は、

「私も、そのうち後宮を放り出されそうな気がするのよね。もしくは宮女に戻るかも。その時は魅音、後宮の外で会いましょうね！」

というふうだし、天雪はといえば、

「私、魅音は何だか、また治って戻ってきそうな気がするんです。ふふっ」

といった感じだ。

笙鈴は罪を償った後、医官の助手として働きながら、方術士の手伝いをすることになったらしい。

「昂宇様がとりなして下さったんです。どうしてだか霊感が強いので、何かおかしいなと思ったら調べて太常寺に報告する、といった役目を頑張ります。珍貴妃の件でご迷惑をおかけしたにもかかわらず、陛下のご温情でお許しいただいたので、少しでも報《むく》いたいと思います」

彼女はそう言って、魅音が後宮を去る日は雨桐とともに見送りに来た。

「翠蘭様……いえ、本当は魅音様なんですね。ありがとうございました。春鈴が望んだように、私、頑張りますね」

礼を言う笙鈴の手には、小丸が乗っている。彼女が世話をしてくれることになっていた。

「うん、応援してる。ここを去るのはちょっと名残惜しいんだけど、とりあえず笙鈴がいると思えば安心ね」

医療的な意味でも、霊的な意味でも、そう思っている魅音である。

「雨桐、本当に世話になったわ、ありがとう」

「も、もったいないお言葉です……魅音様は、うう、陛下のお役に立った、素晴らしいお妃様だと思っておりますので……ううっ……お仕えできて、光栄でした」

涙にくれる雨桐の肩に、小丸が飛び乗った。

「小丸が心配してるよ、雨桐」

魅音が指先で小丸の頭を撫でてみせると、雨桐は泣き笑いでうなずいた。

（長生きしそうだな、小丸）

実は、魅音と共に数々の怪異に触れてきた小丸は、どうやら普通のネズミのままでは済まなそうなのだ。元々、霊力も強かったのだろう。

悪いものにはならないようだし、見た目も変わらないし、雨桐が怖がるといけないので、魅音は何も告げずにただ彼女の肩を優しく叩いた。

そして、後ろに下がりながらヒラリと手を振る。

「じゃあね。みんな、元気で！」

陶家からの迎えの馬車がきて、魅音は乗り込む。

天昌の外壁に開いた南門から、馬車はガラガラと音を立てて出て行った。

夏の青い空の下、緑の街道を馬車は行く。その様子を、妙に堂々とした大柄な男と、ひょろりと背の高い官吏が、天昌城の外壁の上からいつまでも見送っていた。


それから、数ヶ月が過ぎた。


高く深い青空が頭上に広がり、爽やかな風が吹いている。

胡魅音はいつものように、陶翠蘭が残した朝食のゆで卵を厨房で密かに楽しんでいた。

魅音の無事の帰還を、翠蘭はとても喜んだ。そして、県令夫妻はそれに輪をかけて喜んだ。

というのも、翠蘭の婿に来てくれそうな好条件の男性が現れたのだ。身代わりの魅音がさっさと戻ってこないと時期を逃してしまうので、夫妻はやきもきしていたらしい。

「占い師を買収して、もう少し待てば運命の女性が現れる、って彼に信じ込ませたんですって。全くもう、お父様もお母様も恥ずかしい……」

翠蘭は文句を言いつつも、まんざらでもない様子だ。いよいよ、病気もすっかり治ったことにして、結婚に向けての準備が始まる。

（お嬢さんもついに結婚か。身代わりになったかいがあったってものよね。よかったよかった）

自分よりも翠蘭に近い存在ができることに、一抹《いちまつ》の寂しさは覚えつつも、一応納得しながら口をもぐもぐさせている魅音である。

そこへ、外からあわてた声が飛び込んできた。

「魅音！　魅音はどこだ⁉」

（旦那様《だんな》？）

んぐっ、と残りの卵を一気に飲み込んでしまい、「あぁ……もったいない……」などとつぶやきつつ、魅音は厨房の外に出る。

「旦那様、お呼びでしょうか」

「ああ、そこにいたか」

回廊をウロウロしていたらしい県令は、手に文らしきものを持っている。

「お前、後宮でいったい何をしたんだね⁉」

「えっ」

色々やりすぎて心当たりしかなかったが、魅音はとりあえずすっとぼけることにした。

「何のことでしょう？　私は翠蘭お嬢さんのフリをして、おとなしくしていただけですが」

「何？　何の話？」

廊下の角から、翠蘭がいぶかし気に顔を出す。

「翠蘭ではなく、魅音宛に、官吏から手紙が来ているのだよ」

県令はあたふたと手紙を開く。

「見なさい、『胡魅音を禁軍大将軍の養女として迎えた上で、皇帝の妃として推薦する』と、こうだ。どういうことなのだ⁉」

「は？」

魅音はぽかーんと口を開いた。あわてて手紙を見せてもらうと、見覚えのある筆跡である。書いたのはどうやら昂宇らしい。

（何を言ってるんだ、あの方術士と皇帝は？　ていうか結局、この場合の『皇帝』ってどっち？）

もしかしてまた後宮で怪異が起こり、魅音に解決しにきてほしいということかも……と一瞬思ったのだが。

（いや待て、禁軍大将軍の養女になった上でって、そんなんしたらもう『本当の妃』でしょ。もうお嬢さんのフリはできないし、逃げようにもまたアザが出たらさすがに怪しすぎて逃げられないじゃない。あっ、しかも大将軍って天雪のお兄さんだ。その養女になったら私、天雪の姪《めい》っ子《こ》になるの？　いや、本当に訳がわからない）

とにかく、県令には魅音を差し出さない理由がない上、魅音の方も詳しい事情を聞かないことには断るに断れない。

（まったくもう。どういうことなのよ、本当に！）

けれど――

翠蘭も大事だが、今の魅音には皇城に、愛すべき人々が何人もいる。妃仲間たちの顔、宮女たちの顔が、次々と思い浮かんだ。

そして俊輝と、昂宇の顔も。

（こんなに、好きな人間たちがたくさんできるなんてね）

自然とほころんだ顔を引き締めつつ、魅音は腰に手を当てた。

「まったく、しょうがないな。何か用があるっていうなら、話くらいは聞きに行ってやろうじゃないの」

うっかり声に出して言った魅音を、県令と翠蘭は、目も口も最大限に開いて見つめたのだった。

番外編　根暗な方術士は癒されたい

女だらけの後宮で過ごす時間は、昂宇にとって緊張感に満ちている。

しかしその一方、俊輝の側近として働くのもまた、なかなか神経の磨り減る仕事だった。皇城内の問題が次々と発覚するからだ。

「やれやれ、皇城内部は膿《うみ》だらけだな。官吏たちは苛烈《かれつ》な罰を恐れるあまり、やらかしたことを隠《いん》蔽《ぺい》する癖がついている。まるで病気だ」

皇帝の執務室で、報告書を手に俊輝が呻く。

昂宇も同じく報告書に目を走らせながら、眉間にしわを寄せた。

「『治療』には相当、時間がかかりそうですね。心の問題ですから。潜在意識に恐怖を刷り込まれてしまっている」

「有能な官吏をだいぶ呼び戻すことはできたが、彼らまで潰れないようにしなくてはな」

「そうですね。皇城の官吏たちを集団にしておくと負の結束が強くなりますから、いったん人間関係を切り離し、呼び戻した官吏を間に挟みましょう。こまめに話も聞くようにして」

そんな昂宇に、俊輝はふと微笑んだ。

「照帝国にお前がいてくれてよかった。お前が先帝の所業に気づかなかったら、状況はもっと悪くなっていたかもしれない。俺は気づけなかった」

「僕は、地方にいたから気づけただけですよ」

昂宇は淡々と、そう返すのみだ。


とある寺院で巫《シャーマン》として修行していた昂宇は、時折、死者たちの声を耳にしていた。その中に、ある土地は守られているのに、ある土地は搾取《さくしゅ》されたり、異民族に侵略されても放置されたりしていると訴えるものがあった。

おかしい、と思った彼は、元々修行のために行くはずだった皇城で時期を早めて働き始め、様子を探った。すると、守られている土地は、先帝とその取り巻きにとって有益な場所だけであることがわかった。

これがきっかけで、昂宇は先帝が神の名のもとに専横《せんおう》を極めていること、そして後宮が恐怖に支配されていることにも気づいたのだ。

昂宇はすぐに従兄弟の俊輝に相談し、具体的な行動を立案した。

そんな彼は自分よりも皇帝に向いていると、俊輝はいつも言う。

「俺は、お前みたいなやつの命令で動く方が性《しょう》に合っているし、ずっと役に立てる」

「将軍として名高い俊輝の方が、段違いの人望があります。上に立つものとして大事なことでしょう。そういう意味でも、僕には無理ですよ」

巫である昂宇には、独特の雰囲気がつきまとう。人間でありながら、人間でないような不気味さのようなものだと、彼は思っている。天昌に来て太常寺に入ったばかりの頃も、同僚は方術士が多いにもかかわらず、彼はどこか遠巻きにされていた。

しかし、俊輝はまだ諦めていないようだ。

「今はその時ではないだけだからな。絶対にいつか、お前を皇帝の座に押し上げてやる」

昂宇は「はいはい」と聞き流している。

しばらくはそんな仕事に忙殺され、昂宇の修行はなかなか進まない状態だった。息抜きの下手な彼は、癒しの時間も持てなかった。

ようやく一応の目途《めど》がつき、昂宇が太常寺での修行に戻ろうとしたところで、再び後宮で異常が起こった。怪異が始まったのだ。

先帝とその寵妃《ちょうひ》がらみの件であれば、昂宇も無視することはできない。彼は嫌々後宮に赴き、結界を張り――

――魅音と出会った。

彼女が結界に引っかかった時、「尻尾を出せ！」と言ったら本当に尻尾が出た時には驚いたが、そんな相手と一緒に調査しろと俊輝に言われた時にはもっと驚いた。絶対にうまく行かないだろうと思った。

しかし、彼女の本性が人間ではないからか、昂宇は自然に魅音に接することができたのだ。魅音は昂宇から見て、自分とは正反対の存在だ。本性は人間ではないのに、とても人間くさい。恩を忘れず、周囲の人々に深い愛情を持つ。

(巫になることを了承したのは、人づきあいが苦手だったから、というのもある。他人と関わると、自分だけで状況を動かすわけにいかなくなる。それが嫌だった。巫なら他人の方から避けてくれるからな)

そのように考え、多感な時期に巫になった昂宇は、他人に避けられても気味悪そうな視線を向けられても気づかないふりをする癖がついていたし、それが当たり前だった。

が、魅音は昂宇を全く忌避《きひ》せず、平気で距離を詰めてくる。

直感でぐいぐい行く魅音と、理詰めで細かい昂宇は、ぽんぽんと言い合ううちにまるで昔からの知り合いのようになっていった。

しゃれこうべを頭に載せた魅音に、

「不気味じゃないんですか」

と聞いた昂宇の額を、魅音が人差し指でトーンと弾いたことがある。

「あなたのここにもあるのに、何言ってんの」

指先だけとはいえ、人に触られたのは子どもの時以来だ。昂宇は内心、かなりどぎまぎしてしまった。一緒に天昌の街を歩いたのも思いのほか楽しく、今まで知らなかった気持ちを知った。

魅音から感じる温かさは、ずっと荒《すさ》んだものに触れ続けてきた昂宇を、確実に癒していったのだ。

おそらく、そのせいだろう。魅音が県令の家に早く帰りたいと言った時、思わず引き留めてしまったのは。

魅音はきょとんとした様子で言った。

「私をこっちにずっといさせようとしなくても、ちゃんと解決してから帰るわよ」

（別に、早く帰りたいあまり解決しないまま帰るんじゃないか、と疑ったから引き留めているわけではない。……そうだよな、最初から解決したら帰るという約束だった。それなのに）

なぜか苛立《いらだ》ってしまった彼は、ごまかすような返事をして魅音に背を向け、その場を去った。

笙鈴が孔雀の髪飾りを持っているかもしれない、とわかり、おびき出す作戦が決まった後、決行の日までに少し時間があった。

太常寺の書庫で、本来の仕事の資料を探しながら、昂宇はため息をつく。

（本当に、魅音は怪異が片付いたら帰るつもりだろうか。皇城に、というか俊輝や妃たちにもっと魅力を感じてくれれば、ひょっとして面白がって残るのでは？）

彼自身がしっかりと引き留めればいい、とは露ほども考えない。魅音が自分にそんな価値を見出すはずがないと、昂宇は思っているからだ。

（魅音のような人材は、いた方がいいに決まっている。そのあたり、一度俊輝に相談してみよう）

昂宇は書庫を出た。

夏の生暖かい空気に包まれながら、いつもは通らない方から廊下を回り、灯籠を片手に内廷に入る。外廷は官吏たちが大勢行き交っているが、ここまで来ると人の気配はぐんと減る。特に、今日は内廷の外壁側を通って来たためか、あたりは閑散としていた。

廊下の角を曲がった瞬間、庭の奥に小さな灯りが見えた。二つの人影がほのかに照らされて、浮かび上がっている。

男と、女だ。

(………えっ)

昂宇はとっさに、今出てきた角の陰に逆戻りした。

女の方は、魅音だったのだ。

(な、何で人間の姿なんだ? こちらに来る時は、いつも狐の姿なのに)

灯籠を後方に置き、そっ、と頭だけを角から出す。暗いので、向こうからは見えないはずだ。

魅音は、男性官吏と話をしていた。『婦』である魅音(翠蘭)よりも位階はやや下であることが、服装から見てとれる。昂宇は知らない人物だったが、若く背が高くにこやかで、いかにも好青年といった感じだ。

小声なので、何を話しているかまではわからないが、密やかな笑い声がする。

(………楽しそうに、何を話しているんだろう。外の、こんな奥まった場所で、男と二人で)

なぜか、胸の奥がもやもやする。

心を持て余しているうちに、魅音と男は軽く手を上げ、別れた。二人ともそれぞれ、建物の陰に入って姿が見えなくなる。

（魅音の周囲の人間は、僕の知っている人間ばかりだと思っていたのに）

昂宇の知らない友人・知人が魅音にできるなど、別におかしいことではない。しかし、後宮という限定的な空間で暮らす彼女が昂宇と俊輝以外の男性と仲良くなっているというのが、想像以上に衝撃だった。魅音が故郷に帰るより先に、別の意味で距離ができてしまったかのように感じる。

昂宇はしばらくその場に立ち尽くしていたが、ひとつため息をつくと、足取り重く俊輝の私室に向かった。


「魅音が、男と会っていた？」

昂宇を迎えた俊輝は、顎を撫でてニヤリとする。

「我が妃が他の男と逢瀬《おうせ》……とは、問題だな」

「茶化さないで下さい。狐姿でここに来る魅音が、わざわざ人間の姿になってまでって……変だと思わないんですか？」

半分愚痴《ぐち》のように言ってみたが、俊輝はあっさりと答えた。

「まあな。しかも今日、ここには来ていないしなぁ」

「え？　それって、つまり」

（つまり……俊輝に用事がないにもかかわらず、あの男と会うためにわざわざ結界を抜けて来た、かもしれない？）

黙り込んでしまった昂宇を見て、俊輝は面白がっていた笑みを苦笑に変えた。

そして、表情を引き締める。

「昂宇」

「あ、はい」

「我が妃、魅音が何の用でこちらに来ているのか、聞いてきてくれ」

「え、僕がですか⁉」

昂宇が思わず自分を指さすと、俊輝は重々しくうなずく。

「勅命《ちょくめい》である。俺は夏至の儀式の準備で忙しいから後宮に行っている暇がない。さあ、今夜はもう遅い、明日にでも頼んだぞ」

「はあ……」

体よく追い出され、昂宇は首を傾げながらその場を去った。


しかし、聞きにくい。

翌日を迎えた昂宇だが、仕事を理由にぐずぐずしているうちに、夕方になってしまった。

(いい加減に後宮に行かないと。でももし、あの男とただならぬ仲にでもなっていたら？　……ん？　その方が都合がいいのか？)

昂宇の望みは『魅音が皇城に残ってくれたらいいな』であったはずだ。魅音が翠蘭の身代わりを終えて後宮を出た場合でも、男を理由に皇城に残ってくれるなら、その望みは叶う。

(いやでも何だかそれはありえないと思っていたというか……しかし、魅音は今現在は人間なのだから、人間と情を交わすこともあるのか? あるかもしれない。ありうる、だろう)

あれだけ翠蘭の元に帰ると言っていた魅音が、色恋に目がくらんでここに残る、という展開が、昂宇にはどうも面白くない。

(この気持ちは、何だろう)

悶々《もんもん》としているうちに、昨夜、魅音と男が会っていたあたりまでやってきた。

すると。

(あっ)

昂宇は再び、建物の陰に隠れた。

今日も、魅音がいるのだ。あの男と話している。

二人はやはり楽しそうに会話をし、やがて別れた。魅音は何やら頬を染め、両手で胸を押さえ、うきうきした足取りで庭の奥へと去っていく。

「…………っ」

昂宇は思い切って足を踏み出すと、急ぎ足で魅音の後を追った。歩調はだんだん速くなり、やがて走り出す。

内廷を囲む壁が見えたあたりで、追いついた。

「魅音!」

「うわっ⁉」

びくっ、と肩が跳ね、魅音が振り向く。両手で胸を押さえたままだ。

「昂宇！　びっくりしたぁ」

「ここで、何をしてるんです？　よ、用事はないはずでしょう今日はっ」

軽く息を切らしつつ、走って来た勢いも借りて、昂宇は思い切って尋ねた。

すると、魅音はとぼけるように、昂宇の顔から微妙に視線を逸らす。

「えー、来たらダメだったぁ？　ほら、地味な襦裙を着てれば宮女に見えるだろうし、いいかなって」

「ダメとは言ってません。ここで何をしているのか、と聞いたんです」

話まで逸らされないように引き戻すと、魅音はムッと顔を顰《しか》めた。

「ダメじゃないなら何だっていいでしょ！」

「理由によってはダメかもしれませんからね！」

（そう、俊輝の妃が他の男と、なんて）

自分の気持ちからは目を逸らしつつ、問い詰める。

すると、魅音はしばらく黙り込んだのち、ぽつりと言った。

「昂宇には、言えない」

（…………！）

冷や汗が、背中を伝う。

（僕『には』？　どうして僕だとダメなんだ？　僕が怒ると思っている？　怒ったら何かが変わる

のか？　魅音は僕のことをどう思っているんだ？）

頭が真っ白になった昂宇は、無意識のうちに手を伸ばした。胸を押さえている魅音の手を掴む。

「魅……」

「あっ、ちょ、わわわ！」

いきなり、魅音が素っ頓狂な声を上げた。

彼女の手元から、こぶしより一回り小さいくらいの何かが、ぽろっと落ちたのだ。

「どひゃあ！」

パッ、と魅音はしゃがみ込み、すんでのところでそれが地面に落ちる前に両手で受け止めた。

「はぁー、危なかったー！」

「…………………」

昂宇は瞬きをしてから、一言、尋ねた。

「卵？」

「あーもう、見つかっちゃった」

魅音は大事そうに、両手で卵を捧げ持って立ち上がる。その卵は茶色みが濃く、片方がだいぶとがった形をしていた。

「な、なんですか、それ？　普通の卵と、ちょっと違うような」

「※珍珠鳥っていう鳥の卵なんだよ」

もはや魅音は、隠す気がなくなったようだ。

「先帝時代に、珍珠宮で飼われてたんだって。西方の商人が珍貴妃に献上したとかで」

「その卵が、なぜここに？」

「いやほら、珍貴妃がらみのものは縁起が悪いからって、売り払われたり封印されたりしたじゃない？」

魅音は少々後ろめたそうに説明する。

「でも、鳥を殺すには忍びないってことで、内廷の奥庭でこっそり飼ってた官吏がいたの。それをたまたま、私が見つけちゃったわけよ。狐の姿だと鳥が怯えるから、人間になって見てたら、その官吏が来てね。で、黙っててくれたら卵くれるって！　いつも食べてる卵より、黄身が濃厚で美味しいんだって！」

「じゃあ、さっきの男が……珍珠鳥とやらを飼っている官吏？」

「うわ、見てたの⁉　卵を産んだからって、さっきもらったんだけど……ねぇ昂宇、見なかったことにしてあげてよぉ。珍珠鳥のことホントに可愛がってるんだよ。ねっ？」

「……はぁ……まぁ……」

（何だ……男じゃなくて、卵が理由……）

ホッとした直後、昂宇はお説教すべき案件であることに気づく。

「あのですね魅音、珍珠宮で飼われてた鳥なんて、危ないと思わなかったんですか⁉　珍貴妃の怨霊に影響されてる鳥かもしれないのに、その卵を食べるなんて！」

「ほらほらほらほら、そう言うと思ったから昂宇『には』言いたくなかったんだって！　でもわかってよ、食べてみたいに決まってるでしょ珍しくて美味しい卵だよ⁉」

鼻息の荒い魅音は、手のひらに載せた卵を見せつけながら目をキラキラさせている。昂宇は脱力しながら、恨み言を言った。

「わからなくもないですが、男とコソコソ会ってる自分がどう見られるかも考えて下さいよ。魅音が……ええと、いや、翠蘭妃が不義密通してるみたいじゃないですか」

「へ？　あー、あははは」

魅音は笑い出した。

「ないない。私、人間の男にそういう意味で興味ないもん！」

「…………」

「さ、花籃宮に戻って雨桐にこれ茹《ゆ》でてもらおうっと」

魅音は持っていた布で卵を包むと、狐の姿になって包みを口にくわえた。

『よしっ。じゃあね、昂宇！』

彼女はヒラリと木の枝に飛び乗り、壁を越え、あっという間に見えなくなった。


その日、昂宇は俊輝に事の次第を報告しに行ったが、何だか微妙な表情だった。

「俊輝。魅音は、人間の男に興味がないそうです」

「何でお前がガッカリしてるんだ？」

「べ、別にガッカリなんて。ただ、本当に俊輝の妃としてここに残ればいいのにと思っていたので」

「俺の妃にならなってもいいのか？　本当の妃に？」

「え？　そりゃ、いい、ですよ？　……たぶん」

どこか曖昧な態度の昂宇が、俊輝は妙に微笑ましい。

「昂宇。男とか女とか、人間とか狐仙とか関係なく、魅音とお前はいい関係を築いているように見えるぞ。今までそんな存在、持ったことがなかっただろう」

「え……はい。そう、ですね。本当だ」

今気づいたかのような昂宇に、俊輝は「大事にしろよ」と声をかけつつも、思う。

（これから二人の関係がどんなふうになっていくのか、楽しみだな）

※珍珠鳥……ホロホロ鳥のこと。黒い羽根に白い斑点がある。

狐仙さまにはお見通し
―かりそめ後宮異聞譚― 1

＊本作は「小説家になろう」（https://syosetu.com/）に掲載されていた作品を、大幅に加筆修正したものとなります。
＊この作品はフィクションです。実在の人物・団体・事件・地名・名称等とは一切関係ありません。

2023年5月20日　第一刷発行

著者 …… 遊森謡子

イラスト …… しがらき旭
発行者 …… 辻 政英
発行所 …… 株式会社フロンティアワークス
〒170-0013　東京都豊島区東池袋3-22-17
東池袋セントラルプレイス5F
営業　TEL 03-5957-1030　FAX 03-5957-1533
アリアンローズ公式サイト　https://arianrose.jp/
フォーマットデザイン …… ウエダデザイン室
装丁デザイン …… 鈴木 勉（BELL'S GRAPHICS）
印刷所 …… シナノ書籍印刷株式会社